PROMETHEUS UNBOUND

解放了的普罗密修斯

PERCY
BYSSHE
SHELLEY

[英] 珀西·比希·雪莱 著

邵洵美 译

台海出版社

图书在版编目 (CIP) 数据

解放了的普罗密修斯 / (英) 珀西·比希·雪莱著；
邵洵美译 . -- 北京：台海出版社，2021.11
ISBN 978-7-5168-3139-7

Ⅰ. ①解… Ⅱ. ①珀…②邵… Ⅲ. ①诗集 – 英国 –
近代 Ⅳ. ① I561.24

中国版本图书馆 CIP 数据核字 (2021) 第 190243 号

解放了的普罗密修斯

著　者：〔英〕珀西·比希·雪莱	译　者：邵洵美
出 版 人：蔡　旭	装帧设计：欧阳颖
责任编辑：曹任云	

出版发行：台海出版社

地　　址：北京市东城区景山东街 20 号　　邮政编码：100009

电　　话：010-64041652（发行，邮购）

传　　真：010-84045799（总编室）

网　　址：www.taimeng.org.cn/thcbs/default.htm

E - m a i l：thcbs@126.com

经　　销：全国各地新华书店

印　　刷：北京金特印刷有限责任公司

本书如有破损、缺页、装订错误，请与本社联系调换

开　本：889 毫米 × 1194 毫米	1/32	
字　数：112 千字	印　张：5.5	
版　次：2021 年 11 月第 1 版	印　次：2021 年 11 月第 1 次印刷	
书　号：ISBN 978-7-5168-3139-7		

定　价：42.00 元

目录

译者序

1

"《解放了的普罗密修斯》是我最好的诗。"雪莱不止一次在给他朋友的信里面提到这样的话。他又说，这首诗比他以前一切的尝试，品格更高，也更有创造性。雪莱夫人认为"要了解散布在这首诗里面的神秘的意义，必须有同他自己一样的精致深刻的头脑"。雪莱夫人在编辑《雪莱全集》上面，的确有极大的功绩，但是她的理解能力并不能跳出习俗的范围，她好像以为把雪莱越是说得奥妙玄虚，便越能显出他的崇高伟大。原来当时一般文学批评家，故意抹煞了雪莱诗中的政治意义，强调他的美丽的幻想，使他变成一个"不切实际的安琪儿"[1]。有些人虽然也感觉到了他的革命的精神、远大的预见和正义的力量，但是依旧只把他当作一个热情奔放的自由歌颂者，一位

---

[1]　（英）安诺德：《批评论文集》。

I

"堂吉诃德式的英雄"[1]。

但是马克思却作出了下面这样精辟的论断：

> ……他们惋惜他死在二十九岁，因为他本质上是一位革命家，他一定永远会是一个社会主义的先锋队员。

恩格斯甚至称他是"天才的预言家"。

从这里可以知道，我们只有好好地掌握了马克思列宁主义的科学方法，才能对雪莱做全面性的研究和正确的评价。

在这篇序文里，我主要是想叙述一下我对于《解放了的普罗密修斯》的体会，以及翻译这首诗的经过。可是我首先应当约略谈一谈诗人的家庭环境、时代背景、他的诗和他对诗歌的见解。

雪莱生于1792年8月4日。他的祖父素称豪富，靠着诺福克公爵的提拔，得到了男爵爵位。他的父亲也属于众议院里诺福克公爵的一个小组织底下的一个小组织。雪莱自小只见他们满口仁义道德，一肚子卑鄙龌龊；教训孩子的是一套，自己做出来的是另一套。他有清晰的头脑，又有敏锐的观察力，对于他们所代表的一切，当然会感到怀疑，从而发生厌恶。

1802年进了一个寄宿学校，1804年转入伊顿中学，当时他爱看英雄传奇和神怪小说，也已经读过了威廉·葛德文的《政治的正义论》，又接触了汤姆·潘恩的《人权论》。伊顿中学当时通行着一种"学仆制"，初年级学生须替高年级学生当

---

[1] （英）西门志：《雪莱传》。

差，雪莱却完全反对这种奴役式的习惯，虽然受尽痛楚，始终不肯屈从。

1810年他进了牛津大学。这时候他在社会里的接触面比较广了，看见的东西比较多了，求知欲更是惊人地增进和扩大；一方面尝试着各种科学的实验，一方面又尽量研读古今的哲学名著。他也像那些抱负不凡的青年人一样，愿以天下为己任，只是还找不见一条路径。

我们知道，当时距离法国革命的开始已经有二十个年头，英国的工业革命也到了中期，自由思想的影响相当普遍，人民生活贫穷困苦，劳资的冲突日见尖锐。资产阶级非常害怕英国也会引起革命的狂潮，于是不惜用一切手段来压迫和限制人民的自由。这些事实在雪莱的思想上，都起了决定性的作用。他认识到政治的腐败、法律的黑暗、宗教的虚伪：它们无非是为特权阶级服务的工具。他写了那篇《论无神论的必要》，结果被学校开除。

父亲不许他回家，也不让他和弟妹们通信。他一个人在伦敦。这期间他便和他妹妹的同学赫梨艾·威士特勃洛克结了婚。

1812年3月雪莱带了赫梨艾一同去到杜柏林，主动参加爱尔兰的民族解放斗争，可是并没有获得多大的成绩。

1812年完成了《麦布女王》，它反映了他对政治、宗教、科学、美学等的观点。雪莱在这首诗里尽情攻击资产阶级的剥削行为，又详细描写贫穷人的痛苦生活，并预示着一个理想的快乐的将来。他认为一切万物是不断地在变化的，而且都服从着"必然性"的支配。不过他所说的"必然性"并不是指什么"命运"或"神意";他相信这是历史发展和物质运动的规律。当然,他还不能懂得社会现象同自然现象的区别。这几乎可以说是雪莱诗的一贯的主题;随着他思想的发展,有许多观点后来逐渐更接近正确的方向。可是这首诗对工人运动显然起了相当的作用。马克思说过:《麦布女王》是宪章派的圣经。

1814年他和赫梨艾分离,又和葛德文的女儿玛丽同居。1816年赫梨艾死了,便和玛丽·葛德文正式结婚。

1816年雪莱出版了《阿拉斯特》,这首诗是前一年秋天写好的。诗中的主人公是一位诗人,他有着卓越的天才、纯朴的心灵和丰富的幻想,想要寻找一个和他完全一样的人物来做他的伴侣,结果孤独地死去。这首诗正是雪莱对自己过去思想的一个总结:批判了自己的个人英雄主义和理想主义。他已经明白,仅仅靠一个人的智慧和力量决不能去完成他所追求的人类幸福的希望。从这首诗起,他对于社会改革的观念显然起了变化。我们假使说,他在《阿拉斯特》以前所写的诗是受了葛德文《政治的正义论》的影响,又和恩格斯所说的宪章派以前的那些社会主义者一样,认为除了公开说教以外就没有别的方法可以改造现存秩序,那么,英国当时日益尖锐的阶级冲突已经使他的社会思想有了进一步的发展。英国激进派福特说:自从"1815年提出了'谷物条例',一系列的骚动便开始了,一直延长到1816年年底"[1],可是它们终于都被暴力镇压了下来。

––––––––––

[1] (英)摩顿:《人民英国史》。

再加上法国资产阶级革命失败的教训，以及他自己这几年生活上所受到的压迫；这些事实反映在雪莱后来的诗里面便是：要解决社会的矛盾，革命是不可避免的，而且它一定会来到，也一定会胜利。但是因为受了历史条件的限制，和唯心主义的熏染，他依旧相信对压迫者的革命，和重建一个美丽幸福的世界的期望，用不到暴力或流血便能完成目的。

1818年的《伊斯兰的叛变》也说明了同一个概念。这首诗暗示着法国大革命的经过；革命虽然暂时被戕害，但是恰恰为将来的胜利准备好了条件。这种思想在1819年完成的《解放了的普罗密修斯》里面透露得更彻底，显示出他有了更大的信心。

1819年是他作诗成就最大的年份。除了《解放了的普罗密修斯》以外，还有悲剧《沈西》，和许多卓越的短诗，如《给英国人民之歌》《西风颂》等。

他写好了《沈西》，便托友人代他送给伦敦一家戏院，戏院经理因为该剧题材是一个逆伦案件，不敢排演，专函向他道歉，并约他另外写一部剧本。可是雪莱的回信却说："我已经为了政治的伟大的沙漠，而遗弃了文学的芬芳的花园了。"他的意见是说，眼前有一件重大的政治任务，他准备为它去发挥一个诗人所能发挥的一切力量，纯文艺的创作便只能搁置在一边。原来当年8月16日，英国发生了惨无人道的"彼得卢事件"——曼彻斯特大屠杀。那一天曼彻斯特工人示威游行，有八万人左右在圣彼得广场集会，政府以最残酷的方式进行弹压，有十五人遇难，四百人受伤，还有许多人被捕。雪莱对政

府的控诉便是他的"无政府的化装舞"。在这首诗里他毫无隐讳、称名道姓地描绘着警吏们的丑恶面貌,又吹起了战斗的号角:

快像狮子般从睡梦中醒来,
你们有的是无法克服的数量,
快把你们瞌睡时被加在身上的
链锁,像露水一样摔掉——
你们人多——他们人少。

雪莱自始至终把诗歌当作为自由和正义而斗争的武器。他在许多诗的序文里、著名的论文《诗辩》里,还有给朋友们的书信里,随处提供着深刻的意见和有力的论据。在《诗辩》里,他把诗人称作号召战斗的号角。他又说:"对于一个伟大人民的觉醒,诗歌是最忠实的先驱、伴侣和信徒,它使舆论或制度起一种有利的变化。"他认为诗歌是时代的产物,也服务于时代。他又认为诗人更应有现实生活的体验。他在《伊斯兰的叛变》的序文中说道:"有一种特别适合诗人的教育,缺少了它,即使有天才和灵敏的感受力,也无法充分表现……"接着他便叙述他自己过去所获得的这一类的教育:

我自小便对于山岭、湖沼、海洋以及森林中的静寂,十分熟悉。危险——在悬崖边嬉戏的危险——是我的游伴。我踩踏过阿尔卑斯山的雪顶,又在白山的脚下生活过一个时期。我在辽远的田野里做过流浪者。我驾船驶过广阔的河流，我又无日无夜地在群山间的急川中航行，眼看日出和日落，满天的星斗一颗颗显现。我到过许多热闹的城市，看到人群中间各种情欲的冲动和发展、消沉和改变。我看到过暴政和战争行凶肆虐的舞台；许多城市和乡村都变成了焦土和残壁，赤身露体的居民坐在荒弃的家门口奄奄待毙……

雪莱在这里不过讲了一部分，还有他小时候目睹佃户们所受的迫害：1817年雪莱在马洛镇和一班贫苦的花边工人经常来往，熟悉他们那种在饥寒中挣扎的情况；以及其他许多切身的社会经验，当然也丰富了他的"诗人的教育"。

1821年的长诗《灵魂》，被公认为他最卓越的长篇抒情诗；还有著名的论文《诗辩》(未完稿)。

1822年的《希腊》《自由颂》等，都是他不朽的杰作。

1822年7月8日，雪莱在意大利覆舟遇难，享年二十九岁。

2

"戏剧，"雪莱在《诗辩》里说，"是一种可以把更多种诗情的表现结合在一起的形式，因此比别种形式更能显出诗歌和社会利益间的联系。"他从《解放了的普罗密修斯》起，很多次采用诗剧的形式来写作，可见并不是偶然的。不过，事实上，我们与其把《解放了的普罗密修斯》称作"抒情诗剧"，不如把它称作"戏剧式的抒情诗"。雪莱在这里用了多种多样的诗体，表现出多种多样的性格和情感；因为诗人所要呈献在读者面前的不是一个故事的曲折的情节，而是一个故事的深刻的意义。他在写给米德温的信中也说过，《解放了的普罗密修斯》和《沈西》的体裁结构在性质上是完全不同的："《解放了的普罗密修斯》在精神上纯粹是哲理诗。"

我们可以说，他的《解放了的普罗密修斯》是以希腊的悲剧为典范，因为在雅典的舞台上，诗人所表现的是一种丰富多彩的综合性的艺术，他运用了语言、动作、音乐、绘画、舞蹈等，使剧中人的情感与力量达到一种最高理想的表现；他的《沈西》是以莎士比亚为圭臬，专在人物和情节上用功夫。前者"是一些幻景，体现了他自己对美好的、正直的事物的理解；……它们都是些梦境，显示着那种应当有或者可能有的现象"[1]。后者抒写的却是"悲惨的现实。他把一个自认为导师的态度放在一边，满足于运用他自己的心灵所供给的色彩去描绘那种曾经有过的事情"[2]。

《解放了的普罗密修斯》取材于希腊神话和埃斯库罗斯的悲剧。根据一般传说，普罗密修斯是巨人伊阿珀托斯和海上女仙克吕墨涅的儿子；弟兄四人，其余三个是阿特拉斯、墨诺提俄斯、厄庇密修斯。普罗密修斯有无上的智慧和先见之明，他协助了朱比特去打倒萨登，争得天帝的宝座。可是朱比特即位以后，竟要毁灭人类。普罗密修斯便维护着人类同朱比特对

---

[1][2]　均见《沈西》歌词。

抗，又到天上窃取智慧之火给予人类，并教导他们一切的手艺和技术。朱比特用了最恶毒的手段来报复，把普罗密修斯绑在高加索山上，白天有秃鹰啄食他的脏腑，到了夜晚那些脏腑重又生长出来，痛苦也便没有穷尽。可是普罗密修斯却知道一个秘密，据说朱比特将来要和忒堤斯结婚，结果会带来自己的灭亡。朱比特派遣了麦鸠利来说服他，要他把那个预言讲出来，他始终不肯答应，这样他就受了三千年的苦难，最后才由赫刺克勒斯为他松绑。

埃斯库罗斯曾经采用了这个神话故事写作了他的三部曲。可是留存在世上的只有一部《被幽囚的普罗密修斯》。其余两部是《解放了的普罗密修斯》和《取火者普罗密修斯》，早经失传。《被幽囚的普罗密修斯》以普罗密修斯被绑在岩石上开始，写到他拒绝泄露预言结束。他的《解放了的普罗密修斯》的情节究竟如何，没有人敢确定。不过一般人根据遗留下来的一些断片残句，以及前人著作中的引证，又从《被幽囚的普罗密修斯》的字里行间去推测，认为普罗密修斯最后竟和朱比特妥协，泄露了那个预言，朱比特便命令赫刺克勒斯射死了秃鹰，把普罗密修斯释放。

雪莱"根本反对那种懦弱的结局，叫一位人类的捍卫者同那个人类的压迫者去和解"。这在他的序文里说得很明白。他采取了同一个题材，却设想了另一种的结局，写了他自己的《解放了的普罗密修斯》，说明一切暴君和人类的压迫者的必然结果——历史的必然性，预示革命一定会到来，而且一定会胜利，并详细描写出胜利以后的快乐景象。

认清了这个主题，我们也许可以为这首诗中有几个被一般人认为不易了解的地方，做出一些比较近情合理的解释。

朱比特象征着一切暴君和人类的压迫者，也代表着雪莱所深恶痛绝的那些坐享现成、以怨报德的统治者、贵族、律师、教士、资本家等。人民为他们耕田、织布、创造财富、制作军器、豢养他们又保卫他们（见《给英国人民之歌》），但是他们却

……拿了恐怖、怨艾和绝望
去酬报他们的顶礼、祈祷和赞美，
艰苦的劳动以及大规模伤心的牺牲。

他对人类的捍卫者，也便是一般先知先觉者，使尽了残暴和恶毒的手段，满以为自己可以永保皇位，可是他却逃不过"必然性"的支配，等到"时辰"到来，他便会被拖下台去，打入深渊。

在这里，雪莱对于"必然性"的认识是：暴力一定会产生怨恨；压迫一定会产生反抗。因此他所谓"时辰"到来，和一般宿命论者的见解根本不同，他的意思是说，等到客观条件齐备了，革命的力量便一发不可遏止。所以就不必像一般批评家那样怀疑"冥王"究竟是什么人，究竟是不是朱比特的儿子。雪莱夫人在关于本诗的那篇"说明"中，竟然也认为冥王不过是一种"原始的力量"，并非朱比特的儿子；她的语气里暗示着，朱比特所希望同他生育的孩子，始终没有出世。我觉得她

没有完全了解雪莱的想象的结构，也没有看清楚诗文的词句。冥王一定是朱比特的儿子，因为"革命"是"暴力"的产物。雪莱不止一次地在诗中说明。冥王在第三幕第一场中还亲口对朱比特说：

快下来，跟随我去到那阴曹地府。
我是你的孩子，正像你是萨登的孩子；
我比你更强。

在前面几行里已经交代得很清楚。朱比特对忒堤斯说：

……我们两个
强大的精灵就在这时候结合起来，
生出了一个比我们更强大的第三者，
他脱离了躯壳在我们中间来往，
我们看不见他，可是感到他的存在，
他在等待着显现本相的时辰，
（你可听见狂风里雷鸣一般的轮声？）
他自会离开冥王的宝座，上升天廷。

冥王原是朱比特暴力的反映，所以没有身形，因为他只是一种反抗的力量，一种革命的精神。正像忒堤斯不过是朱比特欲望或野心的化身：

……你全身笼罩在欲望的

光炎里面，使你和我合成为一体

当时朱比特满以为自己是权高无上，位极至尊，万物一切都已经向他屈服，只剩下人类的心灵像没有熄灭的火焰，黑腾腾怨气冲天，使他那邃古的帝国受到了威胁，可是他相信他所生下来的一个神奇的怪物，那一位来去无形的可怕的精灵，但等时辰来到，便会从冥王的空虚的皇座上升，又会降落到人间去踩灭爆发的火花（见第三幕第一场）。谁知正好是这一个暴力和野心结合起来所产生的孩儿，把他拖下台来，打入深渊，永劫不复——一种他希望可以供他利用的新生的力量，反而变成了他自己的"掘墓人"。

雪莱受了历史条件的限制，当然不可能完全明白社会发展的规律。他虽然眼见到当时英国人民和欧洲各国人民解放运动的高涨，和那个时代的一切斗争实践，相信暴君和压迫者一定会没落、人剥削人的制度一定被消灭，可是他对于革命的具体形态依旧很模糊，正像潘堤亚眼睛里的冥王一样：

我看见一大团黑暗，

塞满了权威的座位，向四面放射出

幽暗的光芒，如同正午时的太阳。

它无形亦无状，不见四肢，也不见

身体的轮廓，可是我们感觉到

它确实是一位活生生的神灵。

冥王来到天廷，朱比特简直毫无抵抗的能力：在这里，雪莱依旧暗示着革命不必流血，因为暴君所依靠的力量反而会起来推翻暴君，暴君手下的爪牙也完全会不服从暴君的指挥——

咳！咳！
雷电风云都不肯听我的命令。

这时候，暴君已到了众叛亲离、呼吁无门的地步，他也就只得乖乖地下台了。

那么，普罗密修斯又象征些什么呢？作为这部诗剧的主角，他究竟做了些什么呢？

他是人类的捍卫者。他被忘恩负义的暴君绑在高加索山上三千年，他所维护的人类和一切万物也受尽了灾难和痛苦（参看正文第11页）。所以他的解放也便是人类和一切万物的解放。

他在第一幕里所表现的是百折不挠的力量、预见的本能、乐观的精神。

他在第二幕里没有出场，但是处处显示着他的精神：爱和希望。时间一刻刻前进，他便一步步接近解放的时辰。第一场末尾70行诗句里面，一共有二十个"快跟"字样，有些批评家认为重复的次数太多，又没有意义。我却相信这正是诗人的苦心：他巧妙地利用了歌舞的场面，由各个角色重复地说着或唱着"快跟"，使观众可以从具体的形象里感觉到时光的飞驰。

他在第三幕里获得了解放。从赫剌克勒斯嘴里，我们知道他是智慧、勇敢和受尽磨折的爱的化身。赫剌克勒斯情愿把他自己所象征的"力量"供他差遣。爱、快乐、生命都有了新生的气象。他便吩咐那最受人期望和心爱的"时辰的精灵"，把这个胜利的消息去传遍人间。这时候，人类当然也已经被解放了：

> 人类从此不再有皇权统治，无拘无束，
> 自由自在；人类从此一律平等，
> 没有阶级、氏族和国家的区别，
> 也不再需要畏怕、崇拜，分别高低；
> 每个人就是管理他自己的皇帝；
> 每个人都是公平、温柔和聪明。

第四幕可以说是全剧的一个总结。一开场就表演了旧"时辰"的衰亡和新"时辰"的来临；接着便在潘堤亚和伊翁涅的对话里，月亮和大地的情歌里，精灵们的合唱里，显示出解放以后的快乐世界，未来社会的远景：人类已经完全自由，科学和艺术发达到了极点，人类的智慧可以支配一切的自然力，尽量去利用天上地下所蕴藏的财富来谋取人生的幸福。换句话说，雪莱在当时已经预见到只有在消灭了人剥削人的制度的生产关系之下，生产力才有可能蓬勃发展，漫无止境地发展。最后又由冥王做着庄严的宣言：革命已经成功，爱笼罩着全世

界，温和、德行、智慧和忍耐使这个世界永远保持

善良、伟大和欢欣、自由和美丽；
这才可算得生命、快乐、统治和胜利。

这许多正好便是贯穿在全剧里的普罗密修斯的精神。

3

雪莱又是一位卓越的翻译家。他从希腊文译过柏拉图的《会饮篇》、欧里庇得斯的讽刺诗剧《酒神的伴侣》，以及荷马的诗篇等；他从意大利文译过但丁的《神曲》；他从德文选译过几节歌德的《浮士德》；他又从西班牙文译过一幕卡尔德隆的诗剧《魔师》。《会饮篇》译文的美丽，直到现在仍为人所称道。

他对于译诗，也有他一贯的主张。米德温在他的《雪莱的生平》里说："雪莱认为一定要用同样的形式来翻译，方才真正对得起原作者。"他又说："雪莱所主张的第二个标准是：翻译是给那些不懂得原文的人读的，因此必须用纯粹的英文。"在我们说来是必须用纯粹的中文。我以为一个忠实的翻译工作者，都应当对自己有这样的要求。当然，在实践上能不能完全做到，要看具体的情况。譬如说，以语言的结构而言，中文和英文之间的差异，比英文和其他欧洲语言之间的差异，显然有更大的距离。我们很难在我们的语言里完全保持英

文原来的形式或格律，首先，每一音步的字音，数目不能同样平均；这些字音的轻重前后也不可能有同样严格的规定。所以我的译文所采用的形式，以重音来计算音步；每一组字音里，凡是有一个重音，即作为一个音步。字音或字数以一个到三个为正常，多则作为"附音"（即英文的hangers或outriders）。每一个音步里重轻音的倒置，有些是诗人故意的布置，有些是为了字汇本身的组织关系，在外文里时常见到，作为变格。我国旧诗里也有所谓"一三五不论"的变通办法。我对于重轻音的处理，便也只注重情感和意义的表达，以及我国语言本身的习惯，而不去计较孰先孰后的次序排列了。这是语言文字在音步方面的限度。至于这部诗剧里许多种抒情诗和歌词，每首有每首的音步规律和押韵方法，我在可能范围内，总是尽力去模仿原来的形式。

翻译这部诗剧，还有一个极大的困难，这也同时是翻译一切外国古典文学所存在的困难。那便是参考材料问题。我国各处图书馆所保存的关于外国古典文学的书籍，大部分不过是供给学校教材的应用；私人的收藏，又是各人凭着各人的爱好，零零碎碎，没有系统。外国的古典文学巨著，尤其是年代久远的作品，不论在字义方面、句法方面，都可能已经起了相当的变化；当时流行的口头语很多已经失传；还有当时的风俗、习惯、服装、建筑等，在普通的辞书上不一定能找到解释，必须依靠各种专门的著作。可是这些专门的著作到哪里去找呢？说得更深一层，连标点也不能轻易放过，字义的阐明和句法的组织，有时须在标点符号上去寻求解答；有时书本又有错排漏排的可能，需要仔细校勘，方能得出结论；版本的出入，关系便相当重大。可是我们现有的都是一些普通的版本，比较稀罕的简直无处探访。在这种情况之下，有些地方总难免穿凿附会；一般译者只得尽了一切可能尽的力量，到处去发掘隐藏，勉为其难。我们当然不能抹煞他们的功绩。可是我不敢相信，对于有些艰深的古籍的诠解，一个人花了有限时期的揣摩，便可以去代替无数专家学者几十年或上百年的研究。特别是雪莱这一部《解放了的普罗密修斯》，排印的错误一向是专家学者们争论的目标。雪莱自己标点诗句又是素来不依常规的。他的标点符号，与其说是服从文法的规定，或是阐明辞句的意义，不如说是供给诵读的参考，或是当作韵节和语气的标志。洛考克曾经把《解放了的普罗密修斯》的各种版本，根据该诗的原稿，详细校勘，结果写了一部专著[1]；还有历年来许多专家学者在报纸杂志上所发表的讨论和研究的文章，这些珍贵的材料，我们都不容易有见面的机会。多亏各方面同志的帮助，为我借得了好几种不同的版本，和几部重要的传记，使我总算得到了一些摸索的门径。可是有不少地方，依旧只得穿凿附会，这个也许不能专怪参考资料的缺乏，而应当承认是自己能力的薄弱了。一切还得要请读者指教。

---

[1]　指《雪莱诗稿校读记》。

4

　　《解放了的普罗密修斯》的翻译工作，一共花去一年多时间，前后又经过三次修改。多蒙诸位好友不断地给我指示和鼓励；特别有两位研究英国古典文学的学者，他们在百忙中抽出空闲来，按字逐句地为我校读，又改正了我不少的错误。这一切都使我万分感激。

　　长女小玉，在我翻译的过程中，一直帮我推敲字句，酌量韵节。她又随时当心我的身体，给我鼓励，并为我整理译稿，接连誊清了三次。这部译作的完成，多亏了她的协助。现在本书出版，她却已经不在人间了。谨在此处对她表示最虔诚的谢意，以志永念！

1956年12月25日

原序

　　希腊的悲剧作家，当他们采取他们的民族历史或神话作为题材的时候，处理的方法是相当自由的。他们绝不认为自己必须遵从一般的见解，或是认为题目既和他们的敌手和前辈一样，情节亦非完全相同不可。有了这种惯例，因此首先采用某一个题材来写作的人，便不可能再叫他的竞争者去主张优先权了。譬如说，根据阿伽门农[1]的故事所编写的剧本，雅典的舞台上不知演出过多少部，每部情节就各有差异。

　　我也大胆来运用同样的权利。埃斯库罗斯在他的《解放了的普罗密修斯》[2]里，假定朱比特和他的囚犯最后言归于好，因为后者对他透露了一个秘密，否则他要是和忒堤斯结了婚，

---

[1]　阿伽门农（Agamemnon）是斯巴达（Sparta）和特洛伊（Troy）为美人海伦进行战争的故事里的一位统帅。事见荷马史诗《伊利亚特》（Iliad）。

[2]　埃斯库罗斯（Aeschylus）是希腊的大悲剧家，生于公元前 525 年。他也写了一部《解放了的普罗密修斯》，这是他的三部曲之一，全稿失传，只有一些片段留存下来。

他的王国便有危险；忒堤斯于是被配给珀琉斯做妻子；接着赫刺克勒斯奉了朱比特的命令，把普罗密修斯从羁囚中释出来。我如果照样编写，至多不过复活了埃斯库罗斯那部失传的剧本；这种狂妄的企图，我即使有兴趣来尝试，可是一想到古人的英才，那样登峰造极，也就吓得不敢动手了。说实话，我根本反对那种软弱无力的结局，叫一位人类的捍卫者同那个人类的压迫者去和解。普罗密修斯忍受了那许多痛苦，说过了那许多激烈的言辞，如果我们认为他竟然会自食其言，向他那耀武扬威、作恶造孽的仇人低头，那么，这部寓言的道德意义可能完全丧失。文学作品中，唯一和普罗密修斯有些相像的角色要算撒旦[1]。在我看来，普罗密修斯比撒旦更有诗意。因为他非但勇敢、压严、对于万能的威力做着坚忍的抵抗，而且毫无虚荣、妒忌、怨恨，也不想争权夺利；那位《失乐园》的主角[2]却自私心很重。撒旦这个角色时常叫人心里发生一种荒谬的感想，把他所犯的错误和他所受的委屈放在一起来衡量，又时常会因为他受的委屈太多反而原谅了他的错误。还有一种用宗教眼光来考虑那段惊心动魄的故事的，感想更其荒谬。可是普罗密修斯却始终是道德和智慧的十全十美的典型，动机既纯正，目的又伟大。

我这首诗大部分是在万山丛中卡拉卡拉古浴场[3]残留的遗

---

[1]　撒旦（Satan），即《圣经》中的魔鬼。

[2]　《失乐园》（*Paradise Lost*）为英国弥尔敦（John Milton，1608—1674）的长诗，诗中的主角即"撒旦"。

[3]　卡拉卡拉古浴场（Baths of Caracalla）为罗马的古迹之一。

址上写作的。广大的平台，高巍的穿门，迷魂阵一般的曲径小道，到处是鲜艳的花草和馥郁的树木。罗马城明朗的青天，温和的气候，满空中活跃的春意，还有那种令人心迷神醉的新生命的力量：这些都是鼓动我撰著这部诗剧的灵感。

我所创造的形象，有许多都是从人类心灵的活动，或是它们表现在外面的行为中间吸取来的。这在近代诗中并不多见，虽然在但丁和莎士比亚的作品里可以找到许多例子。但丁的作品里例子更多，而且成绩也更好。希腊的诗人对于一个作家所能引起他当代人共鸣的技巧是无所不知的，他们惯常运用这种力量；读者不妨设想，我也就是研究了他们的作品（别人当然也不会承认我有更大的能力），才领会到这种特殊的方法。

我还得坦白地说明，我对于现代作品的研究，也可能使我自己的作品受到它们的熏染。许多比我的诗更为大家所爱读，也更值得为大家所爱读的诗，都曾经在这一点上受到过批评。我们和这许多前辈作家生活在同一个时代里，诵读着这许多有非常才力者的作品，如果要肯定说我们自己的文章和语调不受到一些影响那是不可能的。事实上，他们的天才所赖以表现的形式（不是天才本身），一小半靠了他们本人性灵独到之处，一大半却是受着当时周围人物的道德和思想情况的影响。因此有许多作家，他们虽然取得了他们所要模仿的作家的形式，但是依旧缺少那些作家的天才；要知道，前者是他们所生活的时代的赐予，而后者则是无法授受的心灵的光华。

英国近代文学所独有的那种塑造深刻而强烈的形象的特殊风格，作为整个潮流而言，并不是模仿某一个特殊作家的产品。才力在每一个时代里面，本质上是不变的；而推动它的环境情况却不停地在转移。假使把英国分成四十个共和国，每一个的面积人口都和雅典一样，一切机构也不必比雅典更完美，我们应该相信，它们各自都会产生些跟世界上许多无可媲美的人物同等的哲学家和诗人（如果我们不把莎士比亚也算在里面的话）。我们文学的黄金时代产生了这许多伟大作家，我们应当去感谢群众心灵的觉醒，它把基督教的古老和严酷的形式捣成泥土。我们应当感谢这同一种精神的进步和发展，使我们产生了弥尔敦：这位神圣的弥尔敦，我们必须永远记住，是一个共和政体的拥护者，他对一切的道德和宗教问题做了勇敢的探讨。我们这时代的伟大作家，我们有理由去相信，都是我们社会某种意想不到的变迁，以及巩固这种社会变迁的群众思想的推动者和前驱。心灵的云雾里已经在发射集体的光华，一切机构和群众思想现在已经在恢复平衡，或者将要恢复平衡。

讲到模仿，诗是一种模仿性的艺术。它创造，但是它在组合和再现中来创造。诗作的美和新，并不是因为它所赖以制成的素材事先在人类的心灵或大自然中从不存在，而是因为它把集合来的材料所制成的整个的东西，同那些情感和思想的本身，以及它们目前的情况，有许多相似之处：大诗人是大自然的杰作，另一位诗人非但应当研究，而且必须研究他。他不妨很聪明、很简单地确定：他的心灵，如果屏除了当代大作家美丽的作品的感应，便不可能再是宇宙间一切美丽的现象的镜子了。除非是最最伟大的作家，不要梦想能办到；事实上，即使一位最最伟大的作家也会感到不自然，吃力不讨好。诗人是那种感化别人性格的内在力量和那种激发及支持这类力量的外界影响的共同产物；两者在他身上合为一体。因此，我们可以说，每个人的心灵都受到一切自然和艺术现象的感化；受到他所容纳进他的意识里的每一句话、每一个意见的感化；这是一面反映一切形式的镜子，一切形式又在这面镜子里结合成一个形式。诗人和哲学家、画家、雕刻家、音乐家一样，在一种意义上是他们时代的创造者，在另一种意义上又是他们时代的创造物。最最卓越的人物也无法逃避这种支配。荷马和赫希俄德，埃斯库罗斯和欧里庇得斯，维吉尔和贺拉斯，但丁和彼特拉克，莎士比亚和佛莱却，屈莱顿和蒲伯，都有类似之处[1]；每个人都有他和别人相像的地方，更有他与众不同的地方。假使这种类似之处是模仿的结果，那么，我愿意承认我也模仿过别人。

让我乘此机会再承认，我的确像一位苏格兰哲学家很奇特

---

[1] 雪莱在这里列举了时代相近、国籍相同的伟大作家：譬如荷马（公元前 850 年）和赫希俄德（公元前 735 年）都是希腊的大诗人；埃斯库罗斯（公元前 525 年）和欧里庇得斯（公元前 480 年）都是希腊的大悲剧家；维吉尔（Virgil，公元前 70 年）和贺拉斯（Horace，公元前 65 年）都是罗马大诗人；但丁（1265—1321）和彼特拉克（Petrach，1304—1374）都是中世纪意大利大诗人；莎士比亚（1564—1616）和佛莱却（Fletcher，1579—1625）都是英国伊丽莎白时代的大戏剧家；屈莱顿（Dryden，1631—1700）和蒲伯（Pope，1688—1744）都是英国 18 世纪的讽刺诗人。

地指出来的那样，有着"改良世界的欲望"：可是他自己为什么要写作和出版他自己的书籍，他却并没有解释。我的确宁愿跟随柏拉图和培根爵士[1]堕入地狱，不愿陪伴佩力[2]和马尔萨斯[3]上登天堂。但是千万不要误会我的诗作专是为了直接发挥改良的力量，或是以为我相信它们包含着什么有关人类生活的周密计划。教训式的诗是我所深恶痛绝的；凡是可以用散文来清楚说明的东西，写成了诗反而枯燥和烦琐。我一向的目的，不过是想使一般爱诗的读者们细致的头脑里，记住一些高尚美丽的理想；使他们明白，除非人类的心灵懂得了爱、敬慕、信任、希望、忍耐，否则无论什么为人之道的精辟理论，尽管它们理该结出幸福的果实，结果都会好像是被撒在交通大道上的种子，全让来往的行人在无意中踩成灰尘。如果有一天我居然能实现我的理想，便是说，我要写一本关于我认为是人类社会真正因素的有系统的历史，那么，请这帮专爱武断和迷信的人士不必妄想我竟会不把柏拉图而把埃斯库罗斯来做我的典范。

我无拘无束地说了这么一大套，对于一般爽直的人是用不到表示歉意的；对于一般不爽直的人，那么，他们即使故意曲解，与我却丝毫无碍，至多只能损伤他们自己的心思和头脑。一个人不论他有什么取乐人家和指导人家的本领，即

---

[1] 柏拉图（公元前 427—前 347）是希腊大哲学家。培根（Bacon，1561—1626）是英国哲学家。两人均有关于理想国的著作。

[2] 佩力（Paley，1743—1805）是英国的一位神学家。

[3] 马尔萨斯（Malthus，1766—1874）是英国的经济学家，即《人口论》的作者。

使渺小到极点，他也依旧会设法来表现的：如果毫无成绩，他自己的失望尽足以作为他的惩罚；不必再用乱石子丢在他身上；石子堆得高了，那个照理要被人遗忘的坟墓，反而会引起大家的注意。

剧中人物

普罗密修斯

冥王

朱比特

大地

海神

日神

麦鸠利

阿西亚 ⎫

潘堤亚 ⎬ 海神的女儿

伊翁涅 ⎭

赫剌克勒斯

朱比特的幻象

大地的精灵

月亮的精灵

时辰的精灵

众精灵

回声

小羊神

女鬼

第一幕

印度高加索^[1]冰山的深谷。普罗密修斯^[2]被绑在悬崖上。潘堤亚和伊翁涅^[3]坐在山脚下。时间是夜晚。随着剧情的进展，天光逐渐发亮。

普　　　　　　　　一切仙神妖魔的君王呀，所有那些
　　　　　　　　　麇集在各个光亮和转动的世界上的

---

[1] 印度高加索山。古希腊人把东南亚统称印度，本诗中所指的高加索同时还有一种"天涯地角"，世界边缘的意义。

[2] 普罗密修斯是"提坦"伊阿珀托斯（Iapetus）和克吕墨涅（Clymene）的儿子。他的名字的命意是"前见"，他有个小兄弟厄庇密修斯是"后见"。普罗密修斯协助了朱比特，上登天位，但是朱比特却违反了诺言，意图将人类毁灭，普罗密修斯于是从天上窃取智慧之火，把一切实用的技能教给了人类。朱比特存心报复，用了计谋，使厄庇密修斯放出了各种的疾病和痛苦到人类中间去作祟。他又把普罗密修斯锁在高加索山上，每天白昼叫毒鹰去噬食他的心肝。经过了许多年代，方才由赫剌克勒斯（Hercules）把他从危崖上解放下来。

[3] 潘堤亚（Panthea）和伊翁涅（Ione）都是海神（Oceanus）的女儿。她们的大姊阿西亚（Asia）即普罗密修斯的妻子。

3

精灵，除了一个以外，全部由你主宰！
可是亿兆生灵中就只你我两个人
睁着夜不交睫的眼睛对它们瞭望。
且看这大地，上面繁殖着你的奴隶，
你竟然拿恐怖、怨艾和绝望
去酬报他们的顶礼、祈祷和赞美、
艰苦的劳动以及大规模伤心的牺牲。
至于我，你的仇人，恨得你两眼发黑，
你却让我在我的痛苦和你的迫害中，
取得了权威和胜利，丧尽了你的威风。
啊，三千年不眠不睡的时辰，
每一刻全由刺心的创痛来划分，
每一刻又都长得像一年，刻刻是
酷刑和孤独，刻刻是怨恨和绝望——
这些全是我的王国。它比你打从
你无人羡妒的宝座上所俯瞰的一切
要光荣得多，啊，你这威猛的天帝！
你可不是万能，因为我不肯低头
来分担你那种凶暴统治的罪孽，
宁愿吊了起来钉在这飞鸟难越的
万丈悬崖上，四处是黑暗、寒冷和死静；
没有花草、昆虫、野兽，或生命的音容。
啊，我呀，永远是痛苦，永远是痛苦！

无变、无休，也无望！我却依然存在。
我问大地，千山万岳有否感知？
我问上天，那无所不睹的太阳
有否看见？再有那茫茫的大海，
有的时候汹涌、有的时候平静——
这是上天千变万化的影子，
散落在下界——我不知道它那些
澎湃的浪涛可曾听得我的哀号？
啊，我呀，永远是痛苦，永远是痛苦！

寒冷的月亮把遍地的冰雪冻结成
水晶的枪尖，刺进了我的心窝；
锁链冷得发烫，啮进了我的骨骼。
生翅的天狗，它的嘴喙在你的唇上
沾到了荼毒，把我的心撕得粉碎；
许多奇形怪状的东西在周围飘荡，
这一群梦乡里的狰狞的幻象，
也来嘲笑我；还有撼山震地的恶鬼，
乘着后面的岩壁分了合，合了又分，
奉命来扭旋我创伤上的那些铆钉：
还有那喧嚣纷腾的无底深渊里，
风暴的妖精催促着咆哮的狂飙，
又把尖锐的冰雹乱丢在我身上。
可是我欢迎白天和黑夜的降临！

一个驱逐掉早晨灰白的霜雪，
另一个带了星星，又昏沉又缓慢地
爬上青铅色的东方；他们会带来
一个个没有羽翼、匍匐前进的时辰，
里面有一个——像幽黑的神巫驱赶祭牲，
他会拖曳了你，残暴的皇帝，来亲吻
这些苍白的足趾上的血渍，这些足趾
也许会把你踩死，要是它们不厌恶
这种慑服的奴隶。厌恶！不！我可怜你。
何等样的毁灭将要在广漠的穹苍里
搜捕你，你却丝毫没有抵抗的力量！
你的灵魂将为了恐怖豁然裂开，
张着口好像里面有一个地狱！
这些话我说来难受，因为我不再愤恨，
痛苦已经给了我智慧。可是我要记住
当年对你的诅咒。啊，山岳呀，
你们多音的回声，在瀑布的水雾里，
曾响应过那一篇说话，像咆哮的雷鸣！
啊，溪流呀，你们被皱起的寒霜冻僵，
听得了我的声音浑身颤动，又战栗地
爬过辽阔的印度！啊，静穆的空气呀，
燃烧着的太阳走过你，也敛起光芒！
啊，旋风狂飙呀，你们收起了羽翼，
悬在死寂的深渊里，没有声息和动静，

像那比你更响亮的雷阵一般，把岩石
当作窝巢！假使我的言语当时有力量，
虽然我改变了，心里恶毒的念头
都已死亡；虽然一切仇恨的记忆
都已消灭，可别叫这些话把力量失去！
我当时诅咒了些什么？你们全听见。

声音一　　　　　一共三个三十万年里
（从山岳中来）　　我们伏在地震的床席上：
　　　　　　　　　像人类受到恐怖而抖颤，
　　　　　　　　　我们在一起胆战心荡。

声音二　　　　　霹雳灼焦了我们的水流，
（从源泉中来）　　我们都沾上鸩毒的血浆，
　　　　　　　　　我们经过了荒野和城市，
　　　　　　　　　被喊杀声吓得不敢声张。

声音三　　　　　自从大地苏醒，我便把
（从空气中来）　　瘠土饰上了奇异的色彩，
　　　　　　　　　我宁静的休息又时常被
　　　　　　　　　碎心的呻吟摧残破坏。

声音四　　　　　无休无止的岁月里，我们在
（从旋风中来）　　这些山岳之间飞舞翱翔；
　　　　　　　　　无论是雷阵，或火山爆裂，
　　　　　　　　　无论是天上或地下的力量，
　　　　　　　　　从不曾使我们惊惶慌张。

声音一　　　　　我们雪白的峰顶从不俯首，

7

听到你烦恼的声音却会低头。

声音二　　　　我们从没有带了这种声音

去到印度洋波澜的中心。

有位舵工在咆哮的海洋里

睡觉，仓皇地在甲板上惊起，

听见了便嚷一声："大难来咧！"

立刻像汹涛一样疯狂地死去。

声音三　　　　宇宙间从没有如此可怕的

言辞，打碎我静寂的王国，

创伤方才收口，那黑暗

却又鲜血一般将白日淹没。

声音四　　　　我们向后退缩：毁灭的幻梦

把我们追赶到冰冻的岩洞，

我们只得沉默——沉默——沉默，

虽然沉默是无穷的苦痛。

地　　　　　　巉岩峭壁上那些没有舌头的洞窟

当时都呼号着："惨呀！"茫茫的青天

也回答说："惨呀！"多少黯淡的国家

都听见紫色的海浪冲上了陆地，

对着一阵阵刮面的狂风怒吼着："惨呀！"

普　　　　　　我听见许多声音：并不是我所发出的

声音。母亲呀，你的儿子们和你自己

竟怨恨着我；要不是我意志坚决，

你们在神通广大的岳夫[1]的淫威下，

都得像晨风前的薄雾一般消散。

你不认识我吗？我便是"提坦"[2]。我把

我的痛楚，在你们那百战百胜的

仇敌前面，竖起了一座阻挡的栅栏。

啊，岩石胸膛的草坪，冰雪喂哺的溪流，

它们都横躺在凝冻的水汽底下，

我曾经和阿西亚[3]在它们阴凉的

树林中闲荡，从她可爱的眼睛里

吸取生命。那个知照你的精灵，为什么

现在不愿和我说话？我正像去拦阻

恶鬼拖拉的车辆一般，独力拦阻住

那个至尊无上的统治者的欺诈和压迫：

他把痛创的奴隶的呻吟声装满了

你们昏暗的峡谷和潮湿的蛮荒。

弟兄们！为什么依旧不回答？

地　他们不敢。

普　有谁敢吗？我再想听一听那个诅咒。

---

[1]　岳夫（Jove）即朱比特（Jupiter），为奥林波斯（Olympus）众神山上最高的神道，此为罗马神话中的名称，希腊神话作宙斯（Zeus）。雪莱此诗虽然取材于希腊神话，但诸神名称有时根据罗马神话，因为在英国比较流行。

[2]　"提坦"是天和地最早所生的儿女的名称。此处乃指普罗密修斯，可以解作巨大的天神。

[3]　阿西亚是普罗密修斯的妻子；她有时和美神维纳斯（Venus）混而为一，有时亦作为一切自然生产的神道。

啊，耳边起了一片可怕的喊喳的声音！

简直不像声音：尽在耳朵里哜嘈，

像闪电一样，在打雷前忽隐忽现。

说呀，精灵！听你零落破碎的话声，

我知道你一步步在走近，又在爱。

我怎么样诅咒他的？

地　　你不懂得

死鬼的语言，你如何听得清楚？

普　　你是一个有生命的精灵；请你说。

地　　我不敢说生灵的话，只怕凶暴的天帝

会听到，他会把我绑上虐酷的刑轮，

比我现在身受的磨难更要痛楚。

你是如此的聪明和善良，虽然神道

听不出，可是你比神道更有力量，

因为你有智慧和仁慈：仔细听吧。

普　　惶恐的念头像黑暗的阴影，朦胧地

掠过我的脑际，又是快又是深浓。

我感到眩晕，像是牵缠在恋爱之中；

可是这并不愉快。

地　　不，你听不出来：

你是永生的，你完全不懂这一种

只有会死的才能懂得的言语。

普　　你是谁，

啊，你这一个悲切的声音？

10

地　　　　　　　　我是"大地"，

你的母亲；当你像一朵灿烂的云彩，

一个欢欣的精灵，从她胸怀里上升，

她的石筋石脉，直到那棵在寒空中

抖动着稀零的叶子的参天大树，

连最后一丝纤维里也有快乐在奔腾！

听到了你的声音，她伤心的儿子们

都抬起他们磕伏在尘垢中的眉毛；

我们那位万能的暴君也心惊肉跳，

脸变白，他便用霹雳[1]把你锁在此地。

当时只见那大千世界在我们周围

燃烧和转动，他们的居民看到了

我滚圆的光亮在辽阔的天空消失；

怪异的风暴把海水掀起；那地震

所裂破的雪山都喷出了火焰，

满头不祥的赤发不顾一切地撒野；

闪电和洪水在原野上四处骚扰；

一个个城市中长满了青绿的荆棘；

枵腹的虾蟆在奢乐的房中挣扎爬行，

瘟疫和饥荒一同降临在人类、野兽

和虫豸身上；花草树木都得了恶症；

麦田、葡萄园和牧场的青草中间

---

[1]　　　"霹雳"是朱比特的一件所向无敌的武器。他一共有三件武器：雷、电、霹雳。

蔓生着芟除不尽的毒莠，吸干了水

使它们无法滋长，因为我苍白的

胸脯为了忧伤而干涸；那稀薄的空气——

我的呼吸——沾染着做母亲的怨愤，

对着她孩子的破坏者喷射。不错，

我听到过你的诅咒，如果你记不得，

好在我的无量数的海洋和溪流、

山岳、洞窟、清风和浩荡的天空，

以及那些口齿不清的死亡的幽灵，

他们都珍藏着那一篇咒文。我们

私下在欢欣和希望这谶语会实现，

但是不敢说出口来。

普　　　可敬的母亲！

一切生存在世上受苦的都从你那里

多少得到些安慰；即使是短暂的

鲜花、水果、快乐的声音和爱。

这些我也许难以获得，可是，我求你，

不要拒绝我听一听我自己所说的话。

地　　　一切都会对你说。但等巴比伦变灰尘，

魔师左罗亚斯德[1]，我的死去的孩子，

---

[1] 魔师左罗亚斯德（Magus Zoroaster）是古波斯一位宗教家，时代不详。他倡
言上帝创造两个对立的世界：一个是光明的，一个是黑暗的；一个是善的，
一个是恶的。

走在花园里碰到他自己的幻象；

看见了人类的最下层，幽灵的显形。

你得知道这里有生和死两个世界：

一个就在你眼前，可是另一个

却在坟墓下面，那里居住着

各式各样的影子，他们思想和生活，

直到死亡把他们聚在一起，永不分离；

那里还有人类一切的邪思和好梦，

一切信仰的创造和爱情的期望，

一切恐怖、奇怪、崇高和美丽的形状。

那里，悬挂在旋风居住的山岭中间的

是你那痛苦挣扎的魂灵；一切的神道

都在那里，一切无名世界上的权威，

庞大显赫的鬼怪；英雄、凡人和野兽；

还有冥王，一片无边无际的黑暗；

还有他，那位至高无上的暴君，坐在

他金碧辉煌的宝座上。儿呀，

他们有一个会说出大家记得的诅咒。

随你去召唤哪一个的鬼魂：

你自己的也好；朱比特的也好；

哈得斯和堤丰[1]的也好；或是自从你

遭难以后，打万恶丛中产生出来

---

[1]　哈得斯和堤丰原文为 Hades 和 Typhon，亦可意译作"冥土"和"台风"。

一直在蹂躏我惶恐的儿子们的

那些更有力量的神道也好。

你问，他们一定会回答：对于那个

至尊的报复便会传遍渺茫的空间，

正像雨天的风声穿过荒废的门户，

走进倾圮的宫殿。

普　　　母亲呀，别再让

我口里说出什么恶毒的词句，

或是什么像我说过的那种言语。

啊，朱比特的幽灵，快上来！快现身！

伊翁涅　　我的羽翼掩住了耳朵；

我的羽翼遮住了眼睛：

可是穿过温柔的翎毛，

穿过整片银色的阴影，

看到一个身形，听得一阵声响；

希望它不是来损害你，

你已经有了这许多痛创！

我们早晚看守在你身边，

免得我们亲姊姊要关念。

潘堤亚　　这声音像九泉之下的旋风，

像地震、像火烧、又像山崩；

那形状像声音一样令人惶恐，

深紫的衣服，上面缀着星辰。

他那只青筋暴露的手中

撑着黄金的皇节，傲视阔步，

走过那一堆堆迂缓的云丛。

他面貌残酷，可是镇静、威武，

他宁愿辜负人，不愿人辜负。

朱比特的幻象　为什么这怪异世界的神秘力量，

用了狂风暴雨，把我这个虚无缥缈的

魂灵驱赶到此？是什么生疏的声音

在我嘴唇上跳动——完全不像

我们苍白的民族在黑暗里面，

那种叫人听了汗毛直竖的口吻？

再说，骄傲的受难人，你是谁？

普　　　　你这硕大的幻象，一定是他的替身。

我便甚"提坦"，他的仇人。你且把

我希望听到的话一句句讲出来，

即使没有思想来指导你空虚的声音。

地　　　　听吧，可是你们决不能发出回声；

一切灰色的山岳和古老的树林，

厉鬼作祟的溪泉，仙人居住的洞窟，

环绕岛屿的河流，快静心倾听，

倾听你们还不敢出口的言辞。

幻象　　　一个精灵捉住我，在我肚子里说话：

它撕裂我好像雷火撕裂着乌云。

潘　　　　瞧呀，他怎样抬起他巨大的脸盘，

天也变色。

伊	他讲话了！啊，快遮住我！
普	我看了他这种傲慢的冷漠的举止、
	坚定的轻蔑和镇静的怨恨的表情，
	还有用冷笑来自嘲的绝望的态度，
	我的那个诅咒就像是白纸上的黑字，
	浮现在我眼前。好吧，你讲！快讲！
幻象	恶魔，我不怕你！我又镇静，又坚定，
	尽你用阴险毒辣的手段来折磨我；
	你是整个仙界和人类的暴君，
	就只有一个，你可没有法子收服。
	尽你在我头上降下一切灾殃、
	骇人的疫疠、丧魂失魄的恐慌；
	尽你用寒霜和烈火交替着
	侵蚀我，或是在伤人害物的
	暴风雨里面，带来了狂怒的雷电、
	刺骨的冰雹，还有大队的魔鬼和妖仙。
	好吧，尽你狠心做。你原是无所不能。
	我给了你权柄，让你去控制一切，
	就只管不住我的意志和你自身。
	尽你在灵霄殿上传令把人类毁灭。
	尽你叫凶恶的精灵，在黑暗里，
	作践所有我心爱的东西：
	尽你用极刑来发泄仇恨，

来虐待我，同时也虐待他们；

啊，只要你在天宫里做一天皇帝，

我便一天不想安睡，一天不把头低。

啊，你是天帝又是万物的主宰，可是

你把你的灵魂充塞了这患难的世界，

天上地下形形色色的东西，见了你，

都惶恐膜拜：你这威震遐迩的冤家！

我诅咒你！但愿苦难人的诅咒

像悔恨般抓紧你这虐待他的仇雠；

直至你无尽的生命变成了

一件捆在身上脱卸不掉的毒袍[1]；

你万能的威力变成了痛苦的皇冠，

像闪烁的金箍把你涣散的头脑紧缠。

凭我诅咒的力量，让你的灵魂里

积满了孽障和罪愆，一旦发现天良，

你便遭殃；你在孤寂中自怨自艾的

痛楚，将会像地一般久，天一般长。

---

[1] 毒袍的典故出自希腊神话。赫剌克勒斯的妻子天性奇妒，她怀疑她的丈夫爱上了一个女俘虏，便把她贮藏的妖怪的血涂在自己手织的长袍上，叫使者送给他。赫剌克勒斯穿上这件长袍，只觉浑身发痒，随后是灼热，那袍子却缠住了他的身子脱不下来，终于把他烧死。在本诗中，普罗密修斯是由赫剌克勒斯把他从危崖上解放下来的，前面这段故事按理尚未发生。不过雪莱对于典故也是活用的，因为毒袍的神话为一般人所熟悉，故借来形容一种摆脱不掉的痛苦。

且看你，现在坐得十分安详，

真是一座惊心动魄的偶像，

但等那命定的时辰来临，

你准会显露出你的原形。

作恶多端无非是白费一番心血，

千载万世要受到大家的嘲笑和指斥。

普　　　这些是我说的话吗，亲娘？

地　　　是你说的。

普　　　我真懊悔；言辞是这样的刺人和无聊；

忧伤会使人一时盲目，我正是如此。

我并不想叫任何生灵痛受煎熬。

大地　　悲切呀，啊，我多么悲切！

岳夫居然要把你来消灭。

海和陆呀，快快来哀哭怒号，

伤心的大地自会同声悲悼。

吼叫呀，一切死亡和生存的精灵，

你们的安慰和保障已被摧毁，消灭干净。

回声一　已被摧毁，消灭干净！

回声二　消灭干净！

伊翁涅　别怕：这是瞬息即逝的痉挛，

那"提坦"依旧没有被人消灭，

且看那边雪山顶上的峰峦，

中间显出一角蔚蓝的空隙，

18

有个身形踏着斜飘的天风，

他一双穿着金鞋子的脚

在紫色的羽翼底下闪动，

正像是玫瑰染红的象牙，

现在快要到了，

他右手举着盘蛇的魔棒

在半空中高扬。

潘	这是麦鸠利[1]，他为岳夫把命令传遍天下。
伊翁涅	那些九头蛇盘顶的又是谁，
	张着铁翅在风中翱翔——
	天帝皱紧了眉尖用力指挥，
	像蒸汽一般在后面飞扬——
	这一大群吵吵嚷嚷的妖娘？
潘堤亚	这些是岳夫掀风作浪的走狗，
	一向用呻吟和鲜血来豢养，
	他们驾乘着硫黄般的浓云，
	冲过了世界的尽头。
伊翁涅	他们莫非是吃完了旧的死尸，
	又来找新的粮食？
潘堤亚	"提坦"始终是这般坚定，毫不骄矜。
鬼一	啊！我闻到一股生人气！
鬼二	看他的眼睛！

---

[1] 麦鸠利（Mercury）是掌管交通的神道。

19

鬼三	虐待他的心思，正像吃死人的鸦鸟，
	在一场恶战后嗅到了遍地尸体的味道。
鬼一	你竟敢迟延，传令官！诸位地狱的獒犬，
	提起兴致来吧：也许迈亚的儿子[1]
	不久会变成我们的吃食和玩意——
	谁能长久保持那万能者的恩宠？
麦鸠利	快跟我滚回你们那些铁塔里去，
	击到那火烧和痛号的溪流边上，
	磨砺你们饥饿的牙齿。奇里雄，快起来！
	戈耳贡，喀迈拉，起来！还有你，斯芬克斯，[2]
	最诡谲的恶魔，你也赶快起来，
	你曾把天上的毒酒灌进底比斯城[3]中——
	不自然的恋爱，和不自然的怨恨：
	这些都是你干下的好事。
鬼一	啊，求求你！
	我们饥渴得要死：别把我们赶回去！
麦	那么，蹲着不许作声。
	可怜的受难人呀！

---

[1] 迈亚（Maia）的儿子指麦鸠利。

[2] 奇里雄（Geryon）是一种三头的妖魔。戈耳贡（Gorgon）是一种蛇发铜牙，
生翅长爪的妖魔。喀迈拉（Chimaera）是一种狮头龙身，口吐烈火的妖魔。
斯芬克斯（Sphinx）是一个人面狮身的女妖，她惯常叫路过的人猜哑谜，凡
是不能解答的均被她杀害。最后被俄狄浦斯（Oedipus）猜中，她便自尽而死。

[3] 底比斯城（Thebes）是希腊神话中最有名的城市。俄狄浦斯的逆伦惨案即发
生在这里。

啊，我真是不愿意，我实在不愿意；
天父的意旨逼得我不能不下来，
给你受一种新的苦楚，一种新的灾殃，
咳！我怜悯你，同时又怨恨我自己，
因为我没有一些办法：自从上次
见了你回去，天堂便变成了地狱，
白天黑夜总想到你毁伤的面容，
含着笑在埋怨我。你聪明、坚定和善良，
可是单独和那万能者去反抗作对，
简直没有用处；那些光洁的明灯——
他们测量和区分你无法逃避的
累人的岁月——早已教导了我们，
也永远会教导我们。就说在目前，
你的迫害者正把一种奇异的力量，
交给许多地狱里为非作歹的谋士，
来铸造各式各样意想不到的痛苦，
我的使命便是把他们带领到此地，
或是叫阴间更奸诈、卑污、野蛮的
恶鬼，留在这儿来完成他们的任务。
何必如此！你有的是一个秘密，
万千生灵中除了你无人知晓，
这秘密将使皇天的玉玺易手，
害得至高无上的元首担惊受怕：
快把它讲出口来，用它去祝告

御座万年无疆；你的灵魂也应该

像在华严的神殿里求灵一般，

低头祈祷，叫意志在你倨傲的心中

屈膝下跪：要知道贡献和顺从能使

最凶狠、最威猛的变成温良。

普　　　　恶毒的心肠

竟把丰功化为孽迹。他所有的一切

全是我的赠予；他却反而拿我

无年无月、无昼无夜地锁在此处：

不管太阳裂开我灼焦的皮肤，

不管月明的夜晚那水晶翅膀的雪花

系缠住我的发丝：我心爱的人类

又被他的为虎作伥的爪牙恣意蹂躏。

那个暴君一定逃不过应得的报应：

这很公平，恶人决计得不到好果；

他获得了宇宙，或是失去了一个好友，

却只懂怨恨，畏惧，羞惭；不懂感激：

他自己作了恶反而要来惩罚我。

对这种东西发慈悲是绝大的错误，

这会使他更加恼羞，更加猖狂。

顺从，你明明知道我万不能做到：

所谓顺从，便是那一句致命的话，

它可以使人类永久受到束缚，

也可以像西西里人用发丝系住的剑[1]，

在他的皇冠上面颤动。叫他来允承我，

还是我去答应他？我可决不肯答应，

"罪恶"只是暂时高踞全能的宝座，

让别人去向它献媚吧；他们没有危险，

"公理"获得了胜利，她只会挥洒

同情的眼泪，她不会惩罚，因为是

她自己的错误，使不法者作威作福。

我就忍受着委屈来等待吧。谈到现在，

那报应的时辰应该来得越加近了，

听呀，地狱的獒犬都在喧嚣；单怕迟延：

瞧呀！你父亲的脸色阴郁，天也低了。

麦　　啊，但愿我们能逃过这个难关：但愿

我不必行凶，你不必受罪！我再问你

你可知道岳夫的权势有多久多长？

普　　我只知道那个时间一定会来到。

麦　　咳！你算不出你还得受多少年痛苦？

普　　岳夫有一天权势，我就有一天痛苦：

我不怕多也不想少。

麦　　且慢，你当真要

---

[1] 西西里人用发丝系住的剑，典出达摩克勒斯（Damocles）的故事。他得罪了
暴君狄俄尼索斯（Dionysus）。那位暴君有一次用盛宴来款待他，达摩克勒
斯在席间只见头顶有一柄利剑，悬在一根发丝上，骇得他无时无刻不提心
吊胆。

投入永久的无垠里去？在那里，
凡是我们想象中计算得出的时间，
无论千年万载，不过是一个小点，
哪怕倔强的心灵，在这种无休无止的
行程里也会精疲力竭，直到后来，
变得头昏眼花、消沉迷惘、没有归宿。
也许你还没有估计到那些冗长的
接二连三地受着酷刑的岁月吧？

普　也许没人估计得出，可是总会过去。

麦　你何不暂时去和仙神们住在一起，
　　沉湎于声色的欢乐？

普　我见了刑罚不怕，
　　我也不愿离开这个荒凉的山崖。

麦　咳！我真弄不懂你，但是又可怜你。

普　可怜上天那些自怨自艾的奴隶吧，
　　不必可怜我，我现在真是心平气和，
　　好像万道的阳光。啊，何必尽说空话！
　　快把那些恶鬼叫来。

伊　啊，妹妹，你瞧！
　　白炽的火焰把那边一株披雪的老松
　　连根裂开；后面咆哮着可怕的天雷！

麦　我只得依顺你的话，又听从他的命令：
　　咳！我心头重重地压着良心的谴责！

潘　瞧那天帝的孩儿脚上长着翅膀，

正沿着晨曦的斜辉飞奔下降。

伊　　好姊姊，快把羽翼蒙住你的眼睛，

否则你看了会送命，啊，他们来了，

数不清的翅膀遮蔽着新生的白天，

他们的躯体像死一样空虚。

鬼一　　普罗密修斯！

鬼二　　永生的"提坦"！

鬼三　　上天的奴隶的捍卫者！

普　　只听得一声声可怕的呼啸叫着我。

普罗密修斯，那被囚的"提坦"在这里！

骇人的身形，你们是谁！你们是些

什么东西？想不到岳夫的万恶的脑子，

居然替鬼怪充塞的地狱，制造出这等

狰狞的幽灵。看到了这些可憎的形象，

我只觉自己也变得和他们一模一样，

又带着厌恶和同情一边笑一边细看。

鬼一　　我们掌管着痛楚、恐惧和失望、

猜忌和怨恨，还有洗不净的罪恶孽障；

正像瘦瘠的猎狗，走遍树林和湖沼，

搜寻着那受了创伤在呻吟的麋鹿，

我们追踪一切啼哭、流血、生存的东西，

只等天帝出卖了它们，尽我们来收拾。

普　　啊！千百种可怕的职务都由你们担负，

我认识你们；这些湖沼和回声

	也熟悉你们翅翼的黑暗和张合的声音
	可是为什么你们又从九泉之下，
	带来这许多比你们更丑陋的家伙？
鬼二	我们不知道；姊妹们，请呀，请呀！
普	试问有谁喜爱这种破残的形骸？
鬼二	情人相对自然觉得愉快和美丽——
	你望着我，我望着你：我们也是如此。
	我们本来和黑夜老娘一样无形无状，
	可是正像苍白的女巫跪在地上，
	采摘着玫瑰去编制她祭典的花冠，
	空中降下了胭脂，染得她两颊绯红，
	我们也把我们牺牲者的痛苦的
	阴影来裹缠在我们自己的身上。
普	你们的本领真可笑，派你们来的那一个
	更是不足道。把苦水对我头上浇吧。
鬼一	你以为我们要裂碎你的一根根骨头，
	抽拔你的一条条神经，像猛火攻心？
普	痛苦是我的名分，狠毒是你们的本性；
	现在来折磨我吧：我毫不在乎。
鬼二	你以为
	我们只是对着你彻夜不眠的眼睛讪笑？
普	我并不来衡量你们的行为，我只觉得
	你们作了恶自会受罪。那个暴君
	真不该把你们这些可怜的东西遣派。

鬼三	你以为我们也和生灵动物一样， 一个一个把你当作活命的食粮； 你以为我们扑不灭你灵魂里的火焰， 可是要像那高声喧嚣的群氓， 纠缠着心安理得的最聪明的人们； 你以为我们要变成你脑子里面的 恐怖的念头，或是变成丑恶的欲望 环绕着你惊惶的心灵，或是变成血液 像痛苦般在你曲折的脉络里爬行？
普	对，你们现在就是这等模样；不过 我是我自己的主宰，我能控制住 我心头的煎熬和冲突，正像地狱里 暴动发生的时候，岳夫镇压你们一样。
众女鬼合唱	快从天涯和海角，快从海角和天涯， 快从黑夜入葬和早晨诞生的地带， 来，来，来！ 啊，你们欢乐的呼啸震撼着大小山崖， 当一个个城市倾坍成为废墟；你们 虽然身无羽翼，可是踏遍海面洋心， 去追寻覆舟和饥馑的踪迹，坐到 没有粮食的破船上去尽情谈笑， 来，来，来！ 抛却你们铺在死城底下的 又低、又冷、又红的床席：

抛却你们的怨恨，像灰烬一般，

等将来焚烧时再发出火焰；

你重新拨弄，它又会燎燃，

喷发的火势更来得惊险：

把自咎心种植在年轻人

胸膛里，害他们神魂颠荡，

这是痛苦没有煽旺的燃料；

把地狱的秘隐透露出一半，

让疯狂的幻想者去探讨；

要知道惊恐的人比怨恨的人

更来得残忍。

来，来，来！

我们出了地狱的大门像蒸汽般高升，

在净空中乘着飓风狂飙到处飞奔，

可是你没有来到，我们总是枉费辛勤

伊	姊姊，我又听得一阵阵翅膀的声音。
潘	这些坚实的山岳听到了，简直像
	抖瑟的空气一般地战栗：那群翅膀的
	阴影使我的羽翼里面比黑夜更幽暗。
女鬼一	你们的召唤像生翅的车辆，
	在旋风中驶得又快又远；
	拉我们离开了血溅的沙场。
女鬼二	离开了饿殍遍地的荒城；
女鬼三	依稀闻悲声，鲜血未沾唇；

女鬼四	离开了华丽又冷酷的密室，
	在那里赤血用黄金来交易；
女鬼五	离开了白炽火烫的锅炉，
	在里面——
一个女鬼	不可讲！不可透露！
	你要告诉我的事，我早知底细，
	可是讲了出来会泄露天机，
	就没法克服那不屈的劲敌，
	那倔强的头颅；
	听凭他藐视着地狱深潜的威力。
一个女鬼	把盖在身上的布撕掉！
另一个女鬼	撕掉了。
众女鬼合唱	暗淡的晨星
	映照着一件悲惨的事实，看来真是骇人。
	你也会昏厥，大力的"提坦"？真是丢脸。
	你还要夸说你启发了人类精湛的知识？
	你在他心里燃起了一种狂热的干渴，
	这一种干渴连洪水狂澜也冲浇不灭；
	希望、恋爱、疑虑、欲求，永远把他侵蚀。
	有一位温文的人来到，
	对着血染的地面微笑；
	他的话比他寿长，像毒药
	使真理、和平、怜悯都萎殂，
	瞧吓，只见那天边地角，

许多百万居民的城市

在光亮的空中吐着烟雾。

啊，且听那绝望的号呼！

这是他的温文的鬼魂

悲悼他当初引起的虔心。

再看一蓬蓬火焰快变成

一盏盏萤火虫的尾灯：

死剩下来的都围着余烬，

骇得魂飞魄散。

欢欣，欢欣，欢欣！

过往的岁月兜上心头，它们都记得分明：

未来是十分黑暗；现在又像一个枕囊，

上面长满了针刺，来安顿你失眠的颈项。

半队女鬼合唱一　他苍白和颤抖的眉毛上，

一滴滴惨痛的鲜血在流淌。

现在让我们暂时把手放；

快看一个大梦初醒的国家

从荒凉中突然地长大；

它完全依仗真理来保护，

靠真理的配偶——自由——来带路；

这一大群手拉手的兄弟，

乃是恋爱的儿女……

半队女鬼合唱二　事实上并不是！

看他们骨肉自相杀害；

死亡和罪恶便开始酿醅；

鲜血像新酒一样甘美：

直到绝望来窒息

这一个奴隶们和暴君们战胜的世界。

（众女鬼隐灭，一女鬼留下。）

伊	听呀，姊姊！这一阵低沉而恐怖的呻吟，
	肆无忌惮地折磨得善良的"提坦"
	心碎肠断，正像暴风雨崩天裂地，
	连野兽在深窟中也听到海涛的惨叫。
	你敢不敢看那些恶鬼如何收拾他？
潘	咳！我已经看过两次，不愿再看了。
伊	你看到些什么？
潘	一幕伤心的景象！
	一位态度从容的青年被钉在十字架上。
伊	还看到些什么？
潘	我又见天上和地下，
	人类的尸体在摩肩接踵地来往，
	可怕到万分，这是人类的手所造成；
	有些又像是人类心灵的作为，且看
	不少人竟然为了一颦一笑辗转丧命：
	还有别种无可名状的丑恶的东西
	在四处流荡。我们不必多看吧，凭空
	去增加恐慌：这些呻吟声已尽够凄凉。
女鬼	且看这幅象征的图画：那些替代着

人类受罪、受议责、受奴役的，反而把

成千成万倍的痛苦带给自己和人类。

普　　　把你眼睛里炯炯有光的幽怨消除掉；

合上你惨白的嘴唇；叫那刺伤的眉毛

不要再流血，别让它和你的眼泪混合！

把你受创的眼珠正视着和平与死，

你的阵痛便不再会震动那个十字架；

你死灰的手指便不再会和瘀血斯缠。

啊，可怕呀！我不愿把你的名字说出口，

它已经变成了一种祸殃。我看见

那些聪明、温和、高傲和公正的人：

你的奴隶恨他们，因为他们像你。

有几个被恶毒的谰话赶出了心的家庭，

一个早先降福，晚近悼丧的家庭；

好像斑斓的虎豹追逐着窜奔的牝鹿；

有几个在腌臜的地窖里和死尸做伴；

有几个——我岂不是听见大家在狂笑？——

包围在没有熄灭的火焰里：强大的帝国

打我脚边漂过，好像海水冲断了根的

岛屿，它们的儿女在焚烧着的家门边，

通红的火光里，被彼此的血糅在一起。

女鬼　　血和火你能看见；呻吟的声音你能听见；

听不见、看不见的更坏的东西还在后面。

普　　　更坏的？

女鬼	人类心灵的窟窿里永远填满了
	恐怖：最高傲的人都害怕，害怕他们
	所不屑想象的种种事情完全是真实；
	伪善和习俗使他们的头脑变成了
	许多人顶礼膜拜的墙坍壁倒的庙宇。
	他们不敢为人类设计美好的境遇，
	可是他们自己并不知道他们不敢。
	善心的人没有权势，但见泪水空流。
	有权势的人缺乏善心：那更值得遗憾。
	聪明的需要仁爱；仁爱的又需要聪明；
	一切最好的事情就这般地糟作一团。
	有些人有力量，有金钱，也能懂得情理，
	可是他们生活在苦难的同胞中间，
	似乎毫无感觉：自己做什么，自己不知道。
普	你这种话真像是一群生翅的蛇蝎；
	我倒可怜那些它们无从伤害的东西。
女鬼	你倒可怜起它们来了吗？我没话说了！
	（隐灭。）
普	真是遭殃！咳！痛苦，痛苦，永远痛苦！
	我闭上我泪尽的眼睛，可是你的罪行，
	在我悲极智生的心灵里，显得格外清楚，
	你这个阴险的暴君！啊，坟墓中有平安，
	坟墓把一切美好的事物隐藏起来，
	我是个神道，我没有法子到那里去；

我也不想，去追求：因为，如果怕你迫害，

凶残的皇帝呀，那便是失败，不是胜利。

看到了你这许多暴行，我的灵魂上

又增加了新的耐性，但等那时辰到来，

各种各样的事情全会换上一个面目。

潘　　你还看到些什么？

普　　讲述和观看，

两件事一样悲惨；你就饶了我一件吧，

我看到那些名字，大自然神圣的口号，

一个个金碧辉煌地写明在那里；

许多国家都环绕在它们的周围，

异口同声地呼唤着：真理、自由、博爱！

突然有一团乌烟瘴气从天上掉落在

它们中间，于是来了纠纷、欺骗和恐惧；

暴君们都蜂拥而入，把胜利品瓜分。

这便是我目睹的事实的幽影。

地　　孩儿，我感得到你的痛楚；这是一种

苦难和盛德混合的欢欣。为了使你

高兴，我招来几个高尚和美好的精灵——

人类脑子里那些昏暗的洞窟便是

他们的家，他们像鸟雀一般迎风翻跹，

生活在圈绕世界的思想的太空里面；

他们的眼光能穿过那迷蒙的疆域，

像在玻璃球里看未来：愿他们安慰你！

潘	看呀，妹妹，那边拥着一大队精灵，
	像春天明朗的气候里成群的白云，
	在蔚蓝的天空中会集！
伊	你瞧！还有呢，
	像是溪泉里的水汽，在没有风的时期，
	一缕一缕断断续续地爬上峡谷。
	你听！这是不是松树吟唱的歌曲？
	究竟是湖水，还是瀑布演奏的音乐？
潘	这声音却比一切更悲切，更甜蜜。
众精灵合唱	记不清楚有多少年份，
	我们温文地保护和带领
	一切被上天压迫的生灵；
	我们呼吸着，但是从不肯
	沾污，人类思想的气氛：
	不管它灰暗、昏茫又潮湿；
	像暴风雨涂抹过的天色，
	只有些奄奄一息的光线；
	不管它十二分的明净，
	像无云的青天，无风的溪泉，
	到处是悠闲、清新和寂静；
	如同轻风里面的小鸟，
	如同微波里面的游鱼，
	如同人类心中的思潮
	在坟墓的上空来往驰驱；

我们在那里建筑我们的

洞府，完全像白云一样，

在无边无际中自由徜徉，

我们从那里带来个预言——

它由你开始也由你收场！

伊　　　　　一个个越来越多了：它们周围的空气

好像星辰周围的空气一样明亮。

精灵一　　　乘着战场上号角的吼叫，

我离开了陈旧的教条，

离开了暴君破碎的旗号，

穿过了一股冲天的黑气，

快，快，快飞到此地，

有许多呼声混杂在一起，

环绕着我同时往上飞——

自由！希望！死亡！胜利！

一直到了天空才消失；

又有一个声音在我周围，

在我的周围上下驰骋：

这就是那爱情的灵魂；

这就是那希望、那预言——

它由你开始也由你收场。

精灵二　　　彩虹的拱门，一晃也不晃，

竖立在汹涌澎湃的海上，

得胜的暴风雨早已像

胜利者，又是骄傲又迅速，

带走了许多俘虏的云朵——

杂乱的一群，幽暗和急促，

每一片都让霹雳裂成了

两半：我听见响雷在狂笑：

巍峨的巨舰全变作废料，

在残暴的死亡下，遗留在

白浪滔滔的海面。我像

闪电一般降落在船身上，

又驾着一声叹息奔赶到此——

那人叹息一声把救命板送给

他的冤家，情愿自己淹死。

精灵三　　我坐在一位哲人的床旁，

在他研究的书本边上，

桌灯放射着煊红的光芒，

这时候梦幻拍着火赤的

羽翼，飞近了他的枕席，

我认识它面目一如往昔，

好久以前它曾经煽动过

卓越的口才、怜悯和怨怒；

世界上当时遍地散布

它的光华所映耀的影子，

跨着像欲望般神速的脚步，

它背驮我来到了此处：

	天亮前我得骑了它回程，
	否则哲人醒来要伤心。
精灵四	我睡在诗人的嘴唇上，
	正像一位爱情的宿将，
	在他呼吸声中做着幻梦；
	他并不追求人间的福祉，
	却把思想的蛮荒里作祟的
	怪物的殷勤当作粮食。
	他从清晨一直到黄昏，
	尽望着湖面反映的阳光
	照亮花蕊上黄色的蜜蜂，
	不管，也不看，他们是什么；
	可是他从这些里面创造出
	比活人更真实的形态，
	一个个永生不灭的婴孩！
	他们中有一个将我唤醒，
	我立刻前来向你请命。
伊翁涅	你没见两个身形从东西两方来到，
	好像一对鸽子飞向心爱的窝巢？
	它们是托住万物的空气孪生的小孩，
	张着平稳的翅膀在杳冥中飞来。
	听！它们甜蜜、忧愁的嗓子！这是失望
	和爱混合在一起，化作了声音而消隐。
潘	你能讲话吗，妹妹？我喉咙里发不出声，

伊	它们的美给了我嗓音。且看它们 多么逍遥，翅膀上有云霞一般的花纹， 橘黄和蔚蓝，加深了又变得像黄金： 它们的微笑如同星光，照明着天顶。
众精灵合唱	你有没有看见爱的形状？
精灵五	当我加快了脚步， 跨越辽阔的区域，那头顶星冠的身形张开他 电光编织的羽翮，像凌空的白云一般掠过， 他馥郁的翎毛里散洒着生命的欢乐的光华， 他足迹过处，遍地明亮；我走近时已经在 消敛， 空虚的毁灭在后面欠伸：困囚在疯狂中的 伟大的哲人，无头的烈士，丧身的惨白青年； 在黑夜里忽隐忽现。我四处遨游，直到你， 啊，忧愁的君王，在笑颜中把恐怖变作欢喜。
精灵六	啊，姊姊！孤独原来是一个纤弱的东西， 它不在地面上走动，也不在空气中飘荡， 只是踏着催眠的步子，用静寂的羽翼， 在最好、最温柔的人心里，鼓动亲切的希望； 这些人因为羽翼在上面扇拂，那轻快的脚步 又带来了悦耳的清音，获得了虚诞的抚慰， 幻梦着架空的欢乐，又把妖魔唤作爱， 醒来却和我们现在招呼的人一样，只见到 痛苦。

合唱	现在毁灭虽变成了爱的影子，
	跨着死亡的插翅的白色坐骑，
	满怀破坏的心肠在后面跑，
	连逃得最快的也没法逃避，
	它践踏着鲜花，也践踏着莠草，
	又践踏着人类和野兽——不论他们
	美或丑，它都像大风大雨般蹂躏。
	可是你将制服这个凶狠的骑将，
	虽然他的心和四肢并无创伤。
普	精灵们！你们怎么会事先知晓？
合唱	打从我们呼吸的空气里听得，
	当白雪销声匿迹，红花含苞；
	打从下界的春天得来的消息，
	当轻柔的和风拂动接骨木丛，
	牧羊放牛的人们大家知道
	白色的山楂不久便要开了：
	智慧、公理、爱情、和平，
	眼看它们挣扎着要产生，
	我们便像牧羊儿一样，
	感到温煦的和风，这个预言
	由你开始也由你收场。
伊	那些精灵飞往哪里去了？
潘	他们只遗下
	一些感觉，好像神妙的歌唱和琵琶

已经停歇，可是彩声还没有休止，
那无孔不入的余音却依旧深深地
在扑朔迷离的灵魂中间萦绕和滚转，
如同狭长的山洞里面有回声震荡。

普　　这些虚无缥缈的身形多么窈窕！可是
我感到，除了爱，一切的希望全空虚；
你是这般遥远，阿西亚！当我的生命
洋溢，你会像金樽盛放美酒一般
接住它，不让它沉埋进干渴的尘埃。
一切寂然无声。啊！这个幽静的早晨
多么沉重地积压在我的心头；
即使难免做梦，我也会怀着悲愁
来睡觉，如果能让我打个瞌睡。
啊，我情愿去担当那命运所指派
我的职使，做人类的救星和卫士，
或是让一切都回复当初的原状：
那里不再有苦恼，也不再有失意；
大地会来安慰，上天从此不来磨难。

潘　　你有没有忘掉在寒冷的黑夜里，
陪伴你的那一个，她从来不睡觉，
除非你的魂灵的阴影落在她身上？

普　　我说过，除了爱，一切希望全空虚：
你在爱呢。

潘　　我当真深切地在爱；

可是晓星已经发白，阿西亚在辽远的
印度溪谷里——她流放的地方——等候着！
那地方也曾经像这里的山峡一样，
又是阴峻，又是凄凉，又是凛寒；
现在却已经长满了奇花和异草；
她周围的景象完全变了个模样，
空气中，树林里，溪流边，都散布着
美妙的气息和声音，但是你如果
不在她一起，这些全会消灭。再会吧！

第一幕完

第二幕

第一场

早晨。印度高加索的山峡。景色幽致。阿西亚单独一人在
那里。

阿　　　　　　　你从满天的劲风里降临到下界：

正像一个精灵；又像是一种感触，

使明净的眼睛充满了不常有的泪水，

害得早该平静的寂寞的胸怀

加上了心跳；你在狂风暴雨的摇篮中

飘忽地下降。啊，春天，你当真苏醒了！

啊，风的孩子！你如同一场旧梦，

突然重现——它当初是那般的甜蜜，

因此现在带上了些忧郁的滋味；

像是一个天才，又像是从泥土里

43

长出来的一种欢欣，用金色的云彩

装饰着我们这个生命的荒漠。

季候到了，日期到了，时辰也到了；

日出时你该来到，我亲爱的妹妹。

我等得你好久，想得你好苦，来吧！

啊，时去不插翅，简直慢得像尸蛆！

青紫的山岭那边，橘黄色的早晨

逐渐地开朗，有一颗苍白的星

依旧在闪烁不停；当清风吹散了薄雾，

它便从分开的隙缝里把身影反映在

幽暗的湖面。它在淡下去了。但等

潮水退落，净空中交织的彩云

收起了金丝银缕，它又会显现。

现在完全不见了！玫瑰色的曙光

在那边白雪如云的峰顶上闪耀，

我是不是听见她海绿色的羽翼

在绛红的晨曦中挥动的声响，

演奏出埃俄罗斯岛[1]的美妙的音乐？

（潘堤亚上。）

我感到，我看见，你两只灼热的眼睛

透过那消失在泪水中的笑容，

---

[1] 埃俄罗斯群岛（Aeolian Islands）为风神埃俄罗斯所统辖。埃俄罗斯岛的音乐即指风声。

像是银色的朝雾里掩映着的星星。

啊，我最美丽的好妹妹，你身上

带着有那个人的灵魂的影子，

我没有了它简直没有法子生存。

你来得多么迟！一轮红日早已

爬出了海面；我的心也想痛了，但等你

娇慵的羽翼掠过一尘不染的天空。

潘　　求你原谅，大姊姊！我得了一个好梦，

我的羽翼就像夏天的午风，被花香

熏透，软弱无力。我往常总宁静地睡眠，

醒来神清气爽，但是自从神圣的"提坦"

受着苦刑，又想到你夫妻不得团圆，

我为了关切和怜悯，心里也跟你一样，

时时刻刻充满了爱，又长满了恨；

我从前在大海底下灰蓝色的洞窟里，

躲藏在青苔紫萍的深闺中安卧，

我们娇小的伊翁涅又白又嫩的臂弯

始终枕好了我乌黑潮润的发丝，

我合上了眼，把面颊紧紧地偎贴着

她生气勃勃的胸脯前那个深奥所在：

可是现在完全不同了，我变作一阵风，

却没法传送给你无字的心曲；我溶化进

千恩万爱里面，虽然有甜蜜的感觉，

睡眠却从此不得安定；醒着的时候

45

更充满了烦恼和痛苦。

阿　　　　　你把眼睛抬起来，

　　　　　　让我替你圆梦。

潘　　　　　我已经告诉过你，

　　　　　　我和我们的小妹妹一同睡在他跟前。

　　　　　　山边的烟雾，在月光里面，听到了

　　　　　　我们交颈安眠在寒冷的冰块底下

　　　　　　所发出来的声音，都凝结成霜花。

　　　　　　我当时便做了两个梦。一个我记不起了。

　　　　　　可是在另一个梦里，普罗密修斯

　　　　　　摊开了伤痕斑驳、皮色苍白的四肢，

　　　　　　再看他那立志不屈、坚心不移的躯体

　　　　　　正散放出奇异的光辉，竟使黑夜的

　　　　　　蔚蓝色的天空，明亮得如同白昼；

　　　　　　他说话的声音又好像音乐一样，

　　　　　　叫有情人听了，快活得心醉神迷。

　　　　　　他说："你的姊姊足迹到处，遍地布满了

　　　　　　亲爱的气氛——谁也比不上她的美丽，

　　　　　　你是她的影子——抬起头来对我看看。"

　　　　　　我抬起头来，只见那永生不朽的形体，

　　　　　　全身浸在爱里面；从他温柔、飘逸的

　　　　　　四肢上，从他兴奋得闭合不拢的嘴唇

　　　　　　以及他犀利、昏迷的眼睛里，涌现出

　　　　　　像蒸汽一样的火；他那融化一切的

力量把我裹紧在它的怀抱中间，
如同清晨的太阳用它温暖的气息
裹紧了流浪的朝雾来吸取鲜露。
我眼睛看不见了，耳朵听不出了，
身体也动不得了，只是感觉到
他的一切流进我的血，和我的血混合，
我变了他的生命，他变了我的生命，
我就那样融化掉了，等到这情形过去，
深宵里我浑身上下又凝冻起来，
抖抖瑟瑟的，好像太阳沉落以后
一滴滴积聚在松树枝上的水蒸气；
直至思想的光焰逐渐显现，我方才
能够听到他的话声，袅袅的余香
正像是绕梁的妙乐；许多声音里面，
我辨别得出的只是你的名字；虽然
在万籁俱寂的夜晚，我依然在倾听。
伊翁涅却在这时候醒来，对我说：
"你可猜得出今晚我有些什么烦恼？
我以前自己盼望些什么，自己总知道；
也从不喜欢胡思乱想。可是现在
我简直说不出我要求些什么；
我真不知道；我在想一种甜蜜的东西，
就想不到也觉得甜蜜；害人的姊姊呀，
这一定是你在捣鬼；你一定发现了

什么古老的妖法，在我瞌睡中

把我的魂灵偷了去，和你自己的

魂灵混合在一起：因为正当我们

现在亲吻的时候，从你微启的嘴唇里，

我感到了支持我的甜蜜的气息；

我们拥抱着的手臂中间又跳跃着

我失去了便会昏厥的生命的血液。"

我没有回答，因为晓星已经暗淡，

我急忙飞来你身旁。

阿	你说了许多话

可是像空气一样无从捉摸；啊，让我看

你的眼睛，里面也许有他灵魂的消息！

潘	我硬把我的眼睛抬起来，它们

有着千千万万的话要向你倾诉；

可是这一对眼睛里面，除了你自己的

美丽的形象，还能有什么别的东西？

阿	你的眼睛又深又蓝像无边的天空，

在你细长的睫毛下缩成了两个圈圈；

暗沉沉不可测量，一个圆球包含着

一个圆球，一条光线交织着一条光线。

潘	你为什么好像见到了鬼怪一般？

阿	这里面变了个样：在你眼球的最中心，

我看见一个影子，一个身形：正是他，

满脸堆着微笑，像是云翳围绕的

月亮，向四面散发着耀目的光彩。

普罗密修斯，当真是你！啊，不要就走！

你的那些微笑是不是在告诉我：

它们的光芒会在这荒凉的世界上，

建筑起辉煌的楼台，我们可以到

里面去相会？那个梦已经给圆出来了。

我们俩中间的一个身形又是什么？

它头发蓬乱，和风掠过也会变成粗糙；

它的眼光又敏捷又撒野，它的躯体

又只是一股轻烟，但看那日到中午

也晒不干的金色露珠，它们的光亮

透过了它青灰的长袍。

梦	快跟！快跟！
潘	这是我另外一个梦。
阿	它不见了。
潘	它现在走到了我心里。我似乎觉得 我们一面坐在这里，一面有成千成万 含苞欲放的花蕾，在那棵受到了 雷殛的扁桃树上焕发怒放，忽然 从斯库堤亚[1]一抹灰白色的蛮荒里， 吹来一阵狂风，用寒霜在地面上

---

[1] 斯库堤亚（Scythia）在不同的时代指不同的地方：有时为东南欧，有时为亚细亚的北方，是一种游牧地带。

画了许多条线纹：满树的花朵

都飘落下地；可是一张张的叶子

全给打上了印记，如同风信子的

钟形的蓝花写明了阿波罗的悲伤[1]：

啊，快跟，快跟！

阿　　你说的话，一句一句地

使我自己忘怀了的幻梦又活跃着

各种的形象。我们俩似乎一同在

那些草坪上徜徉，只见淡灰色的

新生的早晨，密层层羊群般的白云，

一大队一大队由脚步缓慢的清风

懒洋洋地放牧着跨过万山千岭；

洁白的露水默不作声地悬挂在

刚才透出土面的新鲜的青草上；

还有许多别的事，我却想不起了：

可是清晨的云影一片一片地

飞过紫色的山坡，又逐渐消逝，

上面清清楚楚写着：快跟，啊，快跟！

在仙露簌簌地散落的每一张叶子、

---

[1]　阿波罗的悲伤，指阿波罗（Apollo）和许阿铿托斯（Hyacinthus，意为风信子）
的一段故事。许阿铿托斯是斯巴达的王子，为阿波罗所眷爱。有一天许阿铿
托斯和另外一个神道掷铁环做戏，引起了阿波罗的妒意；他便用铁环把他击
毙，许阿铿托斯的血流在地上，开出一种花，即名风信子。风信子的叶上显
现着一个希腊字母———个怨恨的惊叹词。

每一根草上，也好像用火烬打上了
同样的烙印；松林里又起了一阵风，
它摇撼着缭绕在枝丫中间的音乐，
只听得一种低沉、甜蜜、轻微的声音，
如同孤魂惜别：快跟，快跟，跟我来！
我当时就说："潘堤亚，你对我看看。"
可是在这一对惹人怜爱的眼睛里，
我依然看见：快跟，快跟！

回声　　　快跟，快跟！

潘　　　峥嵘的岩石，在这春光明媚的早晨，
似乎有了灵性，在学着我们说话。

阿　　　许是有什么别的东西在这巉岩附近。
这一阵声音多么清脆！啊，你听！

回声　　　我们是回声：听！
（不露身形）　我们不能停滞：
正像露珠闪映。

一忽就会消逝——
啊，海神的孩儿！

阿　　　听！精灵说话了。它们空气结成的
舌尖却发出了清澈的回音。

潘　　　我听见。

回声　　　啊，快跟，快跟！
跟着我们的声音，
走进浓密的树林，

51

去到空穴的中心；

（声音更远了。）

啊，快跟，快跟！

去到空穴的中心，

追随着我们歌声的飘荡，

飞到狂蜂儿飞不到的地方，

在那里正午时分也黑暗沉沉，

娇弱的夜花吐着芳馨

在安眠，又见一个个洞穴里，

流泉辉映，起着无数的涟漪，

我们的音乐，又甜蜜又疯狂，

模仿着你轻移纤步的声响，

啊，海神的孩儿！

阿	我们要不要去追随这个声音？
	它越来越远，越来越微弱了。
潘	听！它那悦耳的清音重又飘近。
回声	那深秘的幽处，
	寂静正在睡觉；
	只有你的脚步，
	才能把它惊扰。
	啊，海神的孩儿！
阿	那声音逐渐在远逝的风中消隐了。
回声	啊，快跟，快跟！
	穿过空穴的中心，

追随着我们飘荡的歌声，

去到那朝露未干的树荫，

去到湖畔、泉旁，或林中，

再跨越重重叠叠的山峰；

去到深坑、幽谷或岩穴——

伤心的大地在那里安息。

她当天眼见你俩分离，

却喜现在快要团聚。

啊，海神的孩儿！

阿　　　　来吧，亲爱的潘堤亚，我们手挽手儿，

一同去跟随，别等那些声音涣散。

第二场

森林。随处是岩石和洞窟。阿西亚和潘堤亚走进森林中去。两个小"羊神"[1]坐在岩石上侧耳倾听。

精灵半队合唱一　　这一对可喜人儿走过的小路，

左右全是些紫柏和青松，

一大片浓荫密布的树丛，

隔开了浩荡辽阔的苍空；

不论太阳、月亮、风或雨，

---

[1]　羊神（Fauns）是农民和牧羊人所侍奉的神道，人身羊腿，头上生角。

53

都透不进这枝叶交织的暗室，

只有地面上爬过的轻风，

送来了一片一片的薄雾，

穿过斑白、劲挺的老树，

它们在碧绿的桂树叶里，

看到了新开的淡黄花丛，

每一滴露水便送上一颗珍珠；

可怜有一朵脆弱秀丽的

草花，却静悄悄地萎谢和死亡；

更也许万千星斗中有一颗星

爬上了黑夜的天顶在彷徨，

赶着足不停步的迅疾的时光

还没有把它远远地带走，

它在林叶里找到了个缺口，

散下它点点金色的光明，

像雨丝一般永不会相混：

周围完全是神圣的黑暗，

脚下长满了苔藓的土壤。

半队合唱二　　　　那边有许多纵情的夜莺，

大白天依然不肯安静。

有一只受不住幽怨或是欢欣，

在无风无息的常春藤上，

被深情热爱摄去了灵魂，

死在珠喉婉转的情侣的怀里；

另一只在花枝中间摇曳，

等待着那最后一声歌唱

恹恹地结束，它立刻接上去，

为细弱的旋律插上了羽翼，

越提越高，直到歌声里

波动着另一种感情，整个森林

寂然无声；只听得暗淡的

空中有许多羽翼在拍击，

又飘来一阵阵美妙的歌音，

像湖心的箫声，所有的听众

快乐得简直心头作痛。

半队合唱一　那边有一阵阵回声，鼓弄着

迷人的巧舌，遵照冥王的

威严的法令，借着销魂的

快乐，或是甜蜜的惶恐，把一切

精灵都引诱上幽秘的小道；

好像山雪解冻，一条内河船

被奔腾的急流冲进海去：

最先有一种轻微的声音

走近密谈或假寐着的人们，

唤醒了心头温柔的情感，——

勾引着他们；凡是看见的

都说泥沼里烟雾腾腾，

在他们背后作起一阵清风，

送他们上路，他们还道是

自己敏捷的羽翼和足趾

完全听从着内心的愿望；

他们便一路向前面飘荡；

直到那可爱的声浪变得

加倍地响亮、加倍地强烈，

力竭声嘶地在前面奔驰；

无数的声音聚集在一起，

带他们飞向指定的山岭，

如同飓风席卷着乌云。

羊一　　　你想不想得出，那些在森林中演奏

如此美妙的音乐的精灵们住在哪里？

我们到过一处处最幽僻的洞窟，

和最隐蔽的树丛，寻遍了所有的草莽，

可是虽然常听得，却始终遇不见，

他们究竟在何处藏身？

羊二　　　这倒很难讲。

那些熟悉精灵们的行动举止的

都说：明净的湖沼底下长满着

淡白的水花，受不住太阳的诱惑，

冒出水面，变成了泡沫，那就是

这些精灵们安居的深闺和幽阁，

在交织的树叶间透出来的天光之下，

翠绿和金黄的氛围里面荡漾；

　　　　　　　　但等泡沫爆裂，他们便骑上了

　　　　　　　　他们在这些晶莹皎洁的圆屋顶下

　　　　　　　　呼吸的一股稀薄又热烈的空气，

　　　　　　　　黑夜中像彗屋一般直冲云霄，

　　　　　　　　加快了速率在天顶疾驶来往，

　　　　　　　　最后低下头来，像一团团燃烧的火，

　　　　　　　　重又窜进水底下的淤泥中间。

羊一　　　　　如果有些是这样的情形，又有些

　　　　　　　　会不会另是一番光景——生活在

　　　　　　　　粉红的花瓣里，和青草花的花心里，

　　　　　　　　或是紧紧地偎在紫罗兰的怀抱里，

　　　　　　　　或是在垂死的花朵最后的香气里，

　　　　　　　　或是在滚圆的露珠反映的阳光里？

羊二　　　　　啊，我们还可以想象出许多地方。

　　　　　　　　可是，我们讲个不停，正午快要来临，

　　　　　　　　老羊爷[1]眼看他的羊群没回家，

　　　　　　　　准会生气，不肯再唱那些聪明可爱的

　　　　　　　　歌曲，关于宿命和侥幸；关于上帝，

　　　　　　　　和远古时代的混沌；关于爱，

　　　　　　　　以及锁囚着的提坦的悲惨厄运；

　　　　　　　　还有他将怎样被解放，怎样使

---

[1]　　老羊爷(Silenus)是最老的羊神，据说笛子是他所发明的；他又善于唱歌跳舞；
　　　有一种特别的舞蹈即以他的名字流传。

全地球团结成一个兄弟联盟：
那些愉快的调子惯常来安慰
我们寂寞的黄昏，惯常把一只只
不羡不妒的夜莺迷醉得默不作声。

第三场

万山丛中一座高岩的峰顶。阿西亚和潘堤亚在一起。

潘　　　　　那个声音把我们带到了此地——
　　　　　　这是冥王的领域，巍峨的大门
　　　　　　正像是喷烟吐火的火山的裂口，
　　　　　　里面不断地飘出一阵阵仙气，
　　　　　　那帮流浪的人们，在寂寞的青春中，
　　　　　　把这种沉迷心窍的生命之酒，
　　　　　　称作真理、品德、爱情、天才或欢乐，
　　　　　　他们一口口喝下去，喝得酩酊大醉；
　　　　　　又提高了嗓子，喊出像酒神一样的
　　　　　　欢呼狂叫，全世界都受到了熏陶。
阿　　　　　这真不愧是那位伟大权威的宫殿！
　　　　　　大地呀[1]，你是多么的光荣！如果你
　　　　　　竟然是那位更可爱的仙神的幻影，

---

[1]　原文为 Earth。但细读前后诗句，似指冥王。不敢擅改，暂行存疑。

58

又和你的真身一般，虽然遭受到
磨难，身体软弱可是依然美丽，
我自会跪倒在你们面前顶礼膜拜。
真灵验！我现在已经心生敬念。
快瞧，妹妹，趁仙气没把你头脑熏醉，
下边展开着一大片平原般的浓雾，
如同广阔的湖面，铺满了清晨的天空，
青碧的波浪闪耀出银色的光亮，
隐蔽住一个印度的山谷。且看它，
在连续的风势下打滚，上下环绕，
使我们脚下的山峰变成了一座孤岛：
我们周围有的是浓密的树林，
光线暗淡的草坪，流泉映耀的洞窟，
和千奇百怪到处闲荡着的云彩；
还有高高地在摩天的山岭上面，
晨曦突然跳出冰岩，散发万道金光，
好像把迸溅在大西洋一座小岛上的
那些光明灿烂的浪花带上了天，
在风中遍洒着灯火一般的水点。
山腰里就这样筑起了许多道墙，
忽然在那些因解冻而豁裂的深谷中，
传来一声瀑布的吼叫，听得风也慌张，
这声响又大又长，大家听到了
如同对着一片肃静，毛发悚然。

听！那终年的积雪，被太阳惊醒过来，

横冲直撞地向下边奔跑的声音！

天上簸筛了三次大雪，一点一点地

聚合成这样又高又厚的东西，好比

成千成万翻天覆地的思想积压在心头，

有一天伟大的真理出现，全世界

同声响应，四面八方都震动起来，

和现在这许多山岳完全一样。

潘　　你瞧那汹涌的雾海怎样地泛起了

深红的泡沫，直送到我们的脚边！

正像大海受到月光的吸引，升起来。

围住了泥泞的小岛上覆舟的难民。

阿　　碎片的云彩疏疏落落地各处分散；

带它们来的风又把我头发吹乱；

风推云涌简直弄得我眼花头昏。

你有没有看见云雾里一个个身形？

潘　　她们都在点头微笑：一绺绺金黄的

发丝中间燃烧着碧油油的火焰！

来了一个又一个：听！她们开口了！

众精灵唱　走向幽深，走向幽深，

下去，下去！

穿过睡眠的阴影，

穿过生和死的

迷迷糊糊的争执；

穿过幕幛和栅栏，

不管它们是真是假，

一步步走向那辽远的宝殿，

下去，下去！

那声音正在打转，

下去，下去！

像小鹿吸引猎犬，

像闪电吸引乌云，

像灯蛾吸引灯芯；

死吸引失望；爱吸引烦闷；

时光却两样都吸引；

磁石吸引钢铁，今天吸引明天：

下去，下去！

穿过昏暗空洞的深渊，

下去，下去！

那里的空气不明亮，

太阳和月亮不发光，

巉岩深穴并没沾染

一点儿上天的光辉，

地下的黑暗也不存在，

那里只住着一位全能的神仙，

下去，下去！

在那最深最深的地方，

下去，下去！

有道仙旨专为你珍藏，

像闪电蒙着脸在安睡；

又像将息未息的火堆，

深情难忘的最后一面；

又像丰富的矿藏中间，

一颗钻石在黑暗里放射光焰。

下去，下去！

我们缠住了你，带领你，

下去，下去！

连同你身边那位佳侣，

别害怕自己不刚强，

柔顺里自有一种力量，

使那永生不死的神灵，

不得不打开生命之门，

放出那蜷伏在皇座下的孽障——

别看轻这份力量。

第四场

冥王的洞府。阿西亚和潘堤亚在一起。

潘　　　　幕帷后，乌木皇座上坐的是何等形象？

阿　　　　幕帷揭开了。

潘　　　　我看见一大团黑暗，

塞满了权威的座位，向四面放射出

幽暗的光芒，如同正午时的太阳。

它无形亦无状，不见四肢，也不见

身体的轮廓，可是我们感觉到

它确实是一位活生生的神灵。

冥　　　你想知道什么事情，都可以问我。

阿　　　你能讲些什么？

冥　　　一切你敢问的事情。

阿　　　世界是谁创造的？

冥　　　上帝。

阿　　　世界上的一切

又是谁创造的？思虑、情欲、理性、

志愿、幻想？

冥　　　上帝：万能的上帝。

阿　　　感觉是谁创造的？当难得相逢的春风

翩然来临，或是想起了年青时期

情人的声音，那早已沉寂了的声音，

使蒙眬的眼睛涌起了滚滚的泪水，

一霎时，害得新鲜的花朵失去了光彩，

熙熙攘攘的世界变得十分凄凉：

这种感觉是谁创造的？

冥　　　慈悲的上帝。

阿　　　谁创造恐怖、疯狂、罪恶、懊悔——

它们为一切事物加上了锁链，

使人类每一个念头增添了分量，

背着这种重负接近死亡的陷阱：

断绝了的希望，和变作了怨恨的爱情；

比鲜血更难下咽的自怨自艾的心思；

那种尽管你一天天哀啼和悲号，

可是大家听了都不理不睬的痛苦；

还有地狱，和对于地狱的骇惧？

冥　　　　　他统治着。

阿　　　　　请你把名字说出来。

受苦受难的世界只想知道他的名字，

千万人的咒骂会打得他永劫不复。

冥　　　　　他统治着。

阿　　　　　我感到，我也知道。他是谁？

冥　　　　　他统治着。

阿　　　　　谁统治着？我知道，最初是天和地，

后来是光和爱；接着来了萨登[1]，

"时间"是他的影子，嫉妒地伏在他座旁。

地上的生灵便随他任意播弄，

如同那些悠然自得的花朵和树叶，

以及蠕虫般的植物，在日光或风势下

---

[1]　萨登（Saturnus），希腊神话作克洛诺斯（Cronos），为朱比特的父亲。传说
他给人知识，教人耕种；有时又把他和"时间之神"合而为一，故下行称"时
间"是他的影子。

64

摇摆，不久便被晒得枯萎，吹得凋谢。
可是他又剥夺掉他们天生的权利，
不给他们知识、权力、支配自然的本领；
不给他们思想，免得他们像光明一般
来冲破这昏暗的宇宙；也不给他们
自治能力、伟大的爱，他们渴求着
这些东西，死活不得。普罗密修斯
于是把智慧——也就是力量——给了朱比特，
只是附带着一个条件："让人类自由"，
他又替他戴上了九天至尊的冠冕。
统治者常会忘掉忠信、仁爱和法律，
有了万能的力量，会忘掉切身的朋友；
岳夫现在统治了；落在人类身上的，
首先是饥荒，接着是劳苦和疾病，
争执和创伤，还有破天荒可怕的死亡；
他颠倒着季候的次序，轮流地降下了
狂雪和猛火，把那些无遮无盖的
苍白的人类驱逐进山洞和岩窟：
他又把强烈的欲望、疯狂的烦恼、
虚伪的道德，送进他们空虚的心灵，
引起了相互的残杀和激烈的战争，
他们安身活命的巢穴完全被捣毁。
普罗密修斯看到了，便把瞌睡在
忘忧草、驱邪草、不凋花中间的

大队希望唤醒，又吩咐这些仙草仙花
用它们五彩的羽翼将死亡来隐匿；
他派遣爱情去把分离了的葡萄藤
系在一起——里面是生命之酒，人的心灵，
他又把火来驯服，这种火像猛兽一样，
可怕，又可爱，在人类的愁眉下戏耍，
他又随着心意去玩弄钢铁和金银——
这些是强权的奴隶，也是威力的标记——
还有宝石和毒药，以及一切埋藏在
深山和大海底下的奇珍和异宝。
他给了人类语言，语言创造了思想，
宇宙间因此有了尺度和准绳；
还有科学，惊动了天和地，骇得它们
浑身战栗，可是并没有丝毫的损失；
还有音乐，它使静心细听的灵魂
超升飞腾，摆脱了人间的烦恼，
如同神仙一般在悠扬的声浪中漫步；
人类的手开始模仿自然，到后来
竟然巧夺天工，他们造出来的肢体
比它们本身的形状更加美丽，
终于叫大理石变得有了灵性；
一般怀孕的妇人，对他们注视着，
吸取了爱，反映在她们的女儿身上，
害得男子们见了失魄又丧魂。

他说明药草和泉水的隐藏的力量，
病人喝了能安眠，死会变得像瞌睡。
他又告诉我们满天星辰复杂的
行动轨道：太阳怎样迁移他的窝巢；
晶莹的月亮用什么秘诀来化身变形，
月初月尾的海面不见她滚圆的眼睛。
他又教导我们，怎样在海上驾驭
那些用长风当作翅膀的车辆，
好像指挥你自己的手和脚一般：
西方因此结识了东方[1]。一座座城市
都建筑起来，在它们雪白的圆柱间
有和风来往，又望得见蔚蓝的净空、
碧绿的海面和远处隐约的山岭。
普罗密修斯就这般地提高了人类，
自己却被悬挂在危崖上，受尽了
难以避免的痛创：可是谁把罪恶——
那种无药可救的疫疠——洒落到下界，
大家竟把它当上帝看待，崇拜它的
光辉；连那位降灾者本身也受到了
它的驱使，破坏了他自己的意旨，
从此被人间咒骂，被万物唾弃，

---

[1] "西方因此结识了东方"，原文为 And the Celt Knew the Indian，直译当作"于是居尔特人结识了印度人"。

孤单单地没有朋友也没有伴侣？

这不见得是岳夫吧：要知他眉头一皱，

虽然会震动天廷，可是那位镣锁住的冤家

诅咒他的时候，他竟像奴隶一般颤抖。

请问谁是他的主宰？他是否也是奴隶？

冥　　一切供罪恶驱使的精灵都是奴隶：

你该知道朱比特是不是这种精灵。

阿　　你称谁作上帝？

冥　　我说的和你说的一样，

岳夫原是生灵万物中无上的至尊。

阿　　谁是奴隶的主宰？

冥　　但愿无底的深渊

能倾吐它的秘密……可惜深奥的真理

完全没有形状，也完全没有声音；

那么，何必要你来凝视那旋转的世界？

又何必要你来谈起命运、时光、机缘、

侥幸和变化？要知道，除了永久的爱，

万物一切都受着这些东西的支配。

阿　　我问了你那些话，你一句句回答了我，

我自能会心；每件事实的本身里面，

都包含着一种神意或一种预言。

我还要问一句；请你像我自己的

灵魂一般地回答我——如果它知道

我问的是什么。普罗密修斯一定会

像太阳一样回到这欢欣的世界：
请问这一个命定的时辰何时来临？

冥　　　瞧！

阿　　　我只见一下子山崩又地裂，紫色的
　　　　夜空中，许多长着彩虹羽翼的飞马，
　　　　拖了一辆辆神车，踩着轻风向前奔：
　　　　每一辆车上有一个神色仓皇的御者
　　　　在催促它们赶路。有几个回头张望，
　　　　似乎有大群恶鬼在后面追逐，可是，
　　　　除了闪霎的星星，我不见有什么身形；
　　　　有几个眼睛发着红光，身子往前弯，
　　　　一口口喝着当面冲过来的劲风，
　　　　似乎他们心爱的东西在前面逃遁，
　　　　在这一刹那间，一伸手就可以抓到。
　　　　他们烁亮的发丝如同彗星的尾巴，
　　　　一路放着毫光：大家争先恐后地
　　　　向前直闯。

冥　　　这些便是永生的"时辰"，
　　　　你日夜盼望的"时辰"。有一个在等着你。

阿　　　我只见一个面目狰狞的精灵，
　　　　在峻峭的峰峦间勒住了他的马缰。
　　　　啊，可怕的御者，你和你弟兄完全两样，
　　　　你是谁？你要把我送到哪里去？请讲。

精灵　　我是某一个命运的阴影，这个命运

比我的容貌更骇人：不等那边的星球

降落，和我一同上升的黑暗便会用

无尽的夜色蒙住天上的无君的皇位。

阿　　　你是什么意思？

潘　　　瞧那恐怖的阴影，

离开了他的宝座，直冲云霄，正像是

惊心动魄的乌烟，从地震所毁坏的

城市里飞出来，笼罩住整个海面。

瞧呀！它登上了车子，吓得那些马匹

拔脚飞奔；再看它在星辰中间驱驰，

涂黑了夜晚的天色！

阿　　　居然让我求应了！

潘　　　快看，宫门附近，停着另外一辆车子；

一个象牙的贝壳盛满了赤色的火焰，

火焰在那精雕细镂的边缘上

忽隐忽现；那位年轻的驾车的精灵，

鸽子一般的眼睛里充满着希望；

他温柔的笑容吸住了我们的灵魂，

正像灯光诱引着暗空中的飞虫。

精灵　　我用闪电来喂哺马匹，

用旋风给它们当作饮料，

红色的早晨发亮的时刻，

它们便在曙光里面洗澡；

我相信它们都能使劲飞跑，

70

跟我上天吧，海神的女儿。

它们会踩得黑夜发光；
它们能奔跑在台风前头；
不等云雾在山顶消散，
我们要环游月亮和地球；
到了中午我们方才停留：
跟我上天吧，海神的女儿。

第五场

车子停留在一座雪山上面的云端里。阿西亚、潘堤亚和"时辰的精灵"在一起。

精灵	来到黑夜和白天的边缘，
	我的马匹全想休息；
	大地却轻声地向我规劝：
	它们该跑得比闪电更敏捷；
	该像霹雳火箭一般地性急！
阿	你的声音使它们厌烦，我的声音
	能叫它们跑得更快。
精灵	咳！不可能。
潘	啊，精灵！我且问你，这布满云端的
	光明是哪里来的？太阳还没上升呢。

精灵	太阳不到正午不会上升，有一个
	神奇的力量把阿波罗羁留在天顶；
	空中的光明是你姊姊身上发出来的，
	好像一池清水被玫瑰的影子染红。
潘	是的，我感到……
阿	妹妹，你怎么脸色这样白？
潘	啊，你完全变了！我简直不敢对你望；
	我感觉得到可是看不见你。我受不住
	你美丽的光彩。大概有什么神灵
	在好心做法，使你显示出你的本相。
	海里的仙女都说那一天波平如镜，
	海洋豁然分开，你站在筋络分明的
	贝壳里上升，又乘着这一片贝壳，
	在那光滑的水晶的海面上漂浮，
	漂浮过爱琴海中的大小岛屿，
	漂浮过那个用了你的名字留传的
	大陆[1]的边岸；爱，从你身上迸发出来，
	如同太阳一般散布着温暖的气氛，
	把光明照遍了天上和人间，照遍了
	深秘的海洋和不见天日的洞窟，
	以及在洞窟中生存的飞禽走兽；

---

[1] "那个用了你的名字留传的大陆"即指亚细亚洲，因阿西亚原文和亚细亚为同一词。

到后来，悲伤竟然把你的灵魂

完全蒙住，如同月食夜一片漆黑：

不止我一个人——你心爱的妹妹和伴侣——

要知道全世界都在盼望着你的怜爱。

你有没有听见，空气中传来了

一切会开口的动物的求爱的声音？

你有没有感觉到，那些无知无识的

风儿也一心一意对你钟情？听！

阿	除了他，再没有比你更好听的声音，

你的声音原是他的声音的回声：

一切的爱都是甜蜜的，不管是人爱你

或是你爱人。它像光明一般地普遍，

它那亲切的声音从不叫人厌倦。

如同漠漠的穹苍，扶持万物的空气，

它使爬虫和上帝变得一律平等：

那些能感动人家去爱的都有幸福，

像我现在一样；可是那些最懂爱的，

受尽了折磨和苦难，却更来得快乐，

我不久便能如此。

潘	听！精灵们在讲话了。
空中的歌声	生命的生命！你的嘴唇诉着爱，

你的呼吸像火一般往外冒；

你的笑容还来不及消退，

寒冷的空气已经在燃烧；

73

你又把笑容隐藏在娇颜里，
谁看你一看，就会魄散魂飞。

光明的孩儿！你的四肢在发放
火光，衣衫遮不住你的身体；
好像晨曦一丝丝的光芒，
不待云散就送来了消息；
无论你照到什么地方，
什么地方就有仙气飘扬。
美人有的是；可是没人见过你，
只听见你的声音又轻又软——
你该是最美的美人——你用这种
清脆的妙乐把自己裹缠；
大家都像我一样失望：
感到你在身旁，不知你在何方。

人间的明灯！无论你走到哪里，
黑暗就穿上了光明的衣裳，
谁要是取得了你的欢喜，
立刻会飘飘然在风中徜徉，
直到他精疲力竭，像我一般，
头昏眼花，可是意愿心甘。

阿西亚　　我的灵魂是一条着了魔的小舟，
　　　　　它像一只瞌睡的天鹅，飘浮

74

在你的歌声的银色波浪中间；

你就像天使一般模样，

坐在一个掌舵人的身旁，

四面八方吹来的风，声调悠扬。

它好像永远在飘浮，飘浮，

沿着迂回曲折的河流，

经过了山岳、树林和深渊，

经过了草莽中的地上乐园！

最后，我竟像一个如梦如醉的痴汉，

横冲直撞地乘着长风，破着巨浪，

来到了汹涌澎湃的大海中央。

你的精灵于是张开了羽翮，

飞进音乐最清高的区域，

乘着风势在天廷逍遥翱翔；

我们就这样一路往前走，

没有指标，也没有路由，

任凭美妙的音乐带着我们流浪；

最后来到了一座仙岛，

上面长满了奇花和异草，

多亏你这位船郎，把我的欲望

驶进这一个人迹不到的地方：

在这个地方，爱是我们呼吸的空气；

风里有的是情，波浪里有的是意，

天上人间的爱都混合在一起。

我们经过了"老年"的冰窟，
"中年"的阴暗狂暴的水域，
"青年"的平静的洋面（底下有危险）：
我们又经过了晶莹的内海，
黑影幢幢的"婴儿时代"，
从死亡回到诞生，走进更神圣的一天；
这里原是人间的天堂，
楼台的顶上百花齐放，
一条条溪泉蜿蜒地流遍
那些静静的碧绿的草原，
这里的人周身发出灿烂夺目的金光，
走在海上，轻歌婉唱；和你有些相像；
我不敢对他们看，看了就心迷神荡！

第二幕完

第三幕

第一场

天廷。朱比特坐在皇座上，忒堤斯[1]和众神仙聚集在他周围。

朱　　　　诸位天神天将，我们一齐来庆祝吧，

你们侍候着我，同享荣华和权势，

我从此是权高无上，位极至尊！

万物一切都已经向我屈服；只剩下

人类的心灵，像没有熄灭的火焰，

黑腾腾怨气冲天，又是疑虑重重，

叫苦连连，祈祷起来满怀的不乐意，

一阵阵叛乱的叫嚣，可能使我们的

邃古的帝国发生动摇，虽然我们

---

[1]　忒堤斯（Thetis）也是一个海仙。在剧本中，朱比特和她结合以后，便生冥王。

77

掌握着悠久的信仰，和地狱的恐怖；

虽然我的毒咒洒满了动荡的空间，

像一片片白云堆积上草木不生的

峰尖；虽然他们在我咆哮的黑夜里，

一步一步爬上了人生的危崖，

生活缠绕着他们，像冰霜缠绕着

赤裸裸的脚，可是他们趾高气扬地

挺立在痛苦中间，既不屈又不挠，

哪里想到隔不了多久便要摔倒：

再说我眼前就生下了一个神奇的怪物，

世界上的人听到我这个勾魂摄魄的

孩儿，谁不害怕！但等那时辰来到，

这一位来去无形的可怕的精灵，

便会从冥王的空虚的皇座上升，

他千古不坏的神臂有着惊人的威力，

又会降落到人间去踩灭爆发的火花。

掌酒的仙童[1]！快把天堂的芳醇，

接二连三地去斟满金樽和玉卮[2]。

且听那千娇百媚的万花丛中，

飞扬起和谐的歌声，普天同庆，

---

[1] 掌酒的仙童（Idaean Ganymede）是凡间最漂亮的男子，被众神摄去天国，
为朱比特掌酒。事见《荷马史诗》。

[2] 金樽玉卮，原文为 Daedal Cups（代达罗斯的杯子）。代达罗斯是一个神话人物，
希腊作家用他来象征工艺美术。

好像星星底下的露珠一样鲜明：
喝吧！诸位长生不老的仙君，喝吧！
快让玉液琼浆在你们的血管里
愉快奔腾，让你们的欢乐的叫嚣
变成极乐世界传来的妙乐仙音。
还有你，
快到我边上来，你全身笼罩在欲望的
光炎里面，使你和我合成为一体，
忒堤斯，你这永久的光明的象征！
当你没命地喊出："无法忍受的威力！
天哪！饶饶我！我禁不起你炽烈的火焰，
一直烧到我心里，我全身的骨肉，
正像在蛮荒中喝了蛇蝎下过毒的
露水的人一样，完全化为脓血，
我也会消失得无形无踪。"我们两个
强大的精灵就在这时候结合起来，
生出了一个比我们更强大的第三者，
他脱离了躯壳在我们中间来往，
我们看不见他，可是感到他的存在，
他在等待着显现本相的时辰，
（你可听见狂风里雷鸣一般的轮声？）
他自会离开冥王的宝座，上升天廷。
胜利来了！胜利来了！啊，世界，你可觉得
他的车乘像地震一样，隆隆地响遍了

79

奥林波斯山[1]？

（"时辰"的车子到了。冥王下了车，朝着朱比特的皇座走来。）

可怕的形象，你是谁？你讲！

冥　　　　我是"永久"。不必问那个更恐怖的名字。

快下来，跟随我去到那阴曹地府。

我是你的孩子，正像你是萨登的孩子；

我比你更强；我们从此要一同居住在

幽冥中间。别把你的霹雳举起来，

你下台以后，天上决不再需要

也决不再听任第二个暴君逞威肆虐：

可是困兽犹斗，不死不肯甘休，

你有什么本领，赶快动手。

朱　　　　可恶的孽种！

你哪怕逃进了九泉之下的巨人监狱，

我也要把你活活踩死！你还不走？

天哪！天哪！

你丝毫不肯放松，一些没有怜悯！

啊，你即使叫我的仇人来对我审判，

虽然他吊起在高加索山上，挨受着

我长期的虐刑，他也不会这样作践我。

他温厚、公正又勇敢，真不愧是一位

人世间的元首。你是个什么东西？

---

[1]　奥林波斯山是众神居住的仙山。朱比特在山上高登宝座，为众神之首。

害得我逃避无路，呼吁无门！

好吧，

你我就一同跳进惊涛骇浪里面，

好像巨鹰和长蛇，扭作一团，

厮打得精疲力竭，双双沉溺到

无边无际的大海底下。我要叫地狱

放出汪洋似的魔火，让这荒凉的世界，

连同你和我——征服者和被征服者——

以及我们争夺的目标所遗留的残迹，

一齐葬进这无底的鬼域。

咳！咳！

雷电风云都不肯听我的命令。

我迷迷糊糊地永远、永远往下沉。

我的冤家，乘着一股胜利的威风，

像一团乌云，压上我的头顶！咳！咳！

第二场

阿特兰地斯岛的一条大河口。海神斜倚在岸边；日神站在他身旁。

海　　　　你可是说，他被那征服者的威力打倒了？

日　　　　是呀，他们经过了一场恶斗，吓得

　　　　　　我管领的太阳失色，四方的星辰也战栗，

　　　　　只见他一路往下跌，惶恐的眼睛里

　　　　　射出两道凶光，穿过镇压住他的

　　　　　又厚又破的黑暗，照耀得满天通明：

　　　　　如同涨红了脸的落日，那最后的一瞥，

　　　　　透过了晚霞，渲染着满面皱纹的海洋。

海　　　他可曾跌进地狱？跌进幽冥的世界？

日　　　他好比一头巨鹰，在高加索山上的

　　　　　云海里迷了路，雷声隆隆的羽翼

　　　　　被旋风缚住，它呆望着惨淡的太阳，

　　　　　却被闪电射得张不开眼；他竭力挣扎，

　　　　　又受到冰雹肆意的殴打，结果是

　　　　　四面阴风惨惨，倒栽进无底的深渊。

海　　　从此，各处的海洋——我王国的领土——

　　　　　永远和上帝形影不离，风来时；

　　　　　卷起波浪，再不会沾染一点血渍，

　　　　　正像青翠的麦田，在夏天的氛围里，

　　　　　左摇右摆；我的一条条水流要环绕

　　　　　各种民族居住的大陆，和各处富饶的

　　　　　海岛；青脸的老海仙[1]在琉璃的宝座上，

　　　　　带领了他的一群水淋淋的仙女，

---

[1] 青脸的老海仙（Blue Proteus）是神话中的海中老人，他能预言休咎，每天走
　　出海来到岩石底下去瞌睡；有人捉到了他，他无法脱身的时候，便把未来的
　　事情向人透露。

观看着华船来往的影子，如同
人类注意着那满载光明的月亮，
带着太白星在天空中航行的路程，
这原是它那位不出现的船长的头饰，
倒影在黄昏时急速地退潮的海面；
从此不必再循着斑斓的血迹、
凄凉的呻吟、奴役和威逼的叫嚣，
去寻觅它们的途径；到处是光明，
到处是波光和花影、飘忽的香气、
缱绻的音乐、自由和温柔的言语，
还有仙神们心爱的最最甜蜜的歌声。

日　我也不再会看到那种悲伤的事情，
使我的心灵像日食般遮上一层黑暗；
可是，别作声，我的耳朵里听见
那个坐在晨星中的小精灵把银笛子
吹出了清脆微细的声音。

海　你该走了；
到了晚上，你的骏马休息的时候，
我们再见：那喧嚷的深水已经在
催我回家，要喝我宝座旁翡翠坛子里
永远盛满着的定心安神的蓝色仙浆。

且看碧绿的海里那许多仙妖[1]，

玲珑的肢体穿出了泛泛的水面，

雪白的臂膀高过了披散的发丝；

有几个戴着黑白的花冠，有几个

戴着好像屋星一般的浪花的皇冕，

急急忙忙地奔去向她们姊姊道喜。

（一阵波涛的声音。）

这是饥饿的海在渴求着安慰。

别响，小妖怪；我来了。再见吧。

日　　　　　再见。

第三场

高加索山岳。普罗密修斯、赫剌克勒斯[2]、伊翁涅、大地、众
精灵全在台上。阿西亚、潘堤亚和"时辰的精灵"一同乘车来
到。赫剌克勒斯为普罗密修斯松绑。普罗密修斯便从岩崖上走
下来。

赫　　　　　一切神灵里面最光荣的神灵！

　　　　　　我全身的力量现在要像奴隶一样，

---

[1] 那许多仙妖，原文为 Nereids，是海里的女仙。相传地中海底有一个海仙，叫
　　作泥柔士（Nereus），又称"海中智慧老人"；他生了五十个女儿，就是这
　　些女仙。

[2] 赫剌克勒斯是希腊神话中大力之神。据《荷马史诗》，他也是朱比特的儿子。

来侍候智慧、勇敢和受尽折磨的爱，

还有你，你本是它们所化身的形象，

你这些亲切话，简直比我们日夜盼望，

普　　　可是拖延了好久才降临的自由，

更来得甜蜜。

阿西亚，你这生命之光，

你的丰姿真是人间难得，天上少有；

还有你们这两位娇滴滴的仙妹，

多亏你们的眷怜和照拂，竟使

经年累月的痛苦变成了甜蜜的回忆；

我们从此决不分离。那边有一个洞窟，

长满了牵萝攀藤、香气袭人的植物，

鲜叶和好花像帘帷般遮住了日光，

地上铺着翡翠般的叶瓣，一泓清泉

在中央纵跃着，发出清心爽神的声响。

山神的欢泪冻结得像白雪和白银，

又像钻石的环佩，从弧形的屋顶

往下垂，放射着恍恍惚惚的光亮；

洞外又可以听见脚不停步的空气

在一棵树一棵树中间絮语，还有鸟，

还有蜜蜂；周围全是些苔藓的座位，

粗糙的墙壁上蒙着又长又软的青草；

这一个简陋的居处便是我们的家宅；

我们虽然自己永恒不变，却坐在里面

谈论着时间的转移，以及世事的更替。
有什么办法不让人类变化无常？
你们如果叹气，我偏要和你们打趣；
还有你，伊翁涅，该唱几段海上的仙谣，
唱得我哭，洒下一行行甜蜜的眼泪，
然后你们再把我逗引得回复笑颜。
我们要把蓓蕾和花朵，连同泉水边
闪霎着的光彩，别出心裁地放在一起，
把普通的东西缀合成奇幻的图案，
像人间天真烂漫的婴儿一般游戏；
我们要用爱的颜色和辞令，在多情的
心头，去探寻那些不可告人的秘密，
找到了一个再找一个，一个比一个
更来得亲切；我们要像笙箫一样，
被情浓意深的风，用着灵巧的技能，
把那些轻重缓急，融洽和谐的音节，
编制出新颖别致的仙神的曲调；
人世间一切的回声，将从四面八方
驾着神风，好像蜜蜂一样，离开了
它们岛上的窝巢，——成千上万朵
受着海风喂哺的鲜花，——飞到此地，
带来了轻微得听不清楚的情话腻语、
带来了怜悯的心肠低诉着的苦衷，
还有音乐——它自身是心灵的回声——

和一切改善及推进人类生活的呼号，
现在都自由了；还有许多美丽的
幻象，起初很模糊，可是当心灵
从爱的怀抱里烁亮地升了起来，
把积聚的现实的光芒加在它们身上，
（它们原是爱的许多形式的化身），
立刻便大放光明——都会来拜访我们：
这些全是绘画、雕塑和热狂的诗歌，
以及各种各样目前还想象不出，
可是早晚会实现的艺术的儿孙。
还有些飘零的声音和黑魃魃的影子，
那是人类和我们之间的媒介，传递着
最受崇拜的爱，一忽儿去，一忽儿来；
人类一天天变得聪明和仁爱，
它们也变得更加漂亮和温柔，
罪恶的魔障从此一重一重销毁：
这便是洞窟里和洞窟周围的环境。

（转身向着"时辰的精灵"。）

漂亮的精灵，还有一件大事要你办，
伊翁涅，你去把你藏在空岩底下，
草丛中间的那个大法螺取来给她：
这法螺原是老海仙送给阿西亚的
结婚礼物，他当年曾把一阵仙音
吹进里面，等待到了今天来显灵。

伊　你这位左等右等才来到的"时辰"，

　　你比你的姊妹更好看，也更可爱。

　　这就是那个神秘的法螺。且看淡蓝

　　逐渐变成了银灰，在里面涂抹上

　　一层柔软的却又耀眼夺目的光彩：

　　岂不像沉迷的音乐在那里安眠？

时　这当真是海洋中最娇艳的螺壳：

　　它的声音一定是又甜蜜又神奇。

普　去吧，驾起你的马匹，叫它们撒开

　　旋风一般的蹄子，走遍凡间的城市：

　　再一次赶过那绕着地球打转的太阳；

　　但等你的车辆划破火光熠熠的长空，

　　你就吹起你迂回盘旋的法螺

　　散放它伟大的音乐；它会像雷鸣般

　　带动一片片清晰的回声：到那时，

　　你就回来；从此住在我们洞窟近边。

　　还有你，我的母亲！

地　我听见，我也感到；

　　你的嘴唇吻着我，那种亲热的力量

　　竟然流过了这些石筋石脉，直送进

　　坚硬、幽暗的脏腑；这是生命，这是快乐，

　　长生不老的青年的温暖深深地

　　在我这衰老又冰冷的躯壳里循环。

　　从此我怀抱里的孩儿们：一切的植物，

一切地上的爬虫，和彩翅的昆虫，

一切的飞禽、走兽、游鱼和男女的人类，

过去经常从我的干枯的胸脯上

吸着疾病和痛苦，喝着失望的毒药，

将来都要享受到甜蜜的养料；

他们会像一大群同母所生的

姊妹羚羊，白得像雪，又快得像风，

在潺湲的溪流边把百合花当作食粮。

露雾笼罩着我的不见阳光的睡眠，

它们将会在星光下像香油一般流淌；

夜晚蜷缩的花朵，又会乘它们偃卧的

时候，来啜饮那经久不变的色素；

人类和野兽将会在甜蜜的欢梦里

积聚起精力，但等明天去尽情作乐；

那位执掌生死的神灵，随时会吩咐

"死"带来她最后一次的温存，正像

母亲搂着她孩儿一般，说："别再离开我。"

阿　　　啊，母亲！你为什么要把"死"来提起？

那些死了的，是不是不再爱，不再动，

不再呼吸和说话？

地　　　回答也没用处：

你是永生不死的，这一种语言，

只有那些和大家隔绝的死者能懂得。

死是一重幕帷，活着的把它唤作生命；

大家睡了，它便完全揭开。在另一方面，
温和的季节却制造一些温和的玩意：
它们带来了身上披着虹霓的雷雨、
扑鼻的馨风、扫净夜空的长尾彗屋；
带来了燃烧着生命的太阳的利箭，
又有清静的月光捧着露珠往下洒；
它们要把常青的树叶、不落的花果，
来装饰这些森林和田野，哪怕是
草木不生的高岩深谷也不肯忽略。
再说你！[1] 那边有一个洞窟，我当初
看到你受尽苦难，心里气得发了疯，
我的灵魂就含着一股怨气冲了进去，
凡是闻到这股怨气的也变成疯狂，
他们便在洞窟边盖了一座庙宇，
在里面说神道鬼，求仙问卜，引诱得
那些为非作歹的国家互相残杀、
忘恩负义，正像岳夫对待你一样。
那股怨气现在变作了紫罗兰的芬芳，
从高高的野草丛中袅袅地上升，
它用素静的光亮，和那又浓厚、
又温柔的绯红色的氤氲，去布满
四周的山岩和树林；它朝暮喂哺着

---

[1] "再说你！"这句话以及后面若干行，都是对普罗密修斯说的。

那些滋长极快、蛇般身段的茑萝，

和牵连缠绕的深暗色的常春藤，

以及那些含苞未放，焕发盛开，

或是香气已经消损了的花朵：

一阵阵风奔进它们中间，穿过了

悬挂在它们自己的青绿世界里

一个个光亮得像金球般的鲜果，

又穿过了它们筋络分明的叶片，

和琥珀色的花梗，还有一朵一朵

紫色的花像透明的酒杯，永远盛满着

甘露，精灵们所喜爱的美酒佳酿，

这些风就带上一身宝星，金碧辉煌；

那股芬芳又像白昼的好梦一般，

插上了翩跹的羽翼到处去翱翔，

散发着安宁和快乐的念头，如同

我心里的感想一样，因为你现在

恢复了自由。这座洞府归给你了。

小精灵！快来！

（小精灵化身作一个长着羽翼的小孩出现。）

这是我的掌灯使者，

他在多少年以前熄灭了他的灯，

尽对着人家的眼睛痴望，又从里面

取得了爱，把他的灯重新点上；

因为爱便是火——火是我亲爱的女儿——

你们的眼睛里就有着这种光亮。

快走，淘气鬼，快带领了这几位神仙，

跨越尼萨的峰顶，酒神聚会的山头[1]，

跋涉印度河和它的支流，再漂渡

湍急的溪泉和琉璃一般的湖沼，

衣履不湿，精神不倦，脚步也不迟慢，

走过深谷，登上翠冈，只见水波不兴的

池潭里，永存着上面那一座庙宇的

倒影，精雕细镂的圆柱、弓门、楣梁，

和手掌般的斗拱，都看得分明，

里边更挤满了普拉克西特里斯[2]手制的

栩栩如生的偶像，它们大理石的笑容

使静寂的空气载满了天长地久的爱。

这庙宇曾经供奉过你，普罗密修斯，

现在已经荒废；可是当年有不少个

争雄斗胜的青年，曾经持着火炬，

来到这黯淡的圣地，向你虔心礼拜，

那火炬便是你的象征；正像有些人

紧紧地捧着希望的明灯，经过了

生命的黄昏，一直走进他们的坟墓，

---

[1]　尼萨（Nysa），相传酒神狄俄尼索斯在此山生长。

[2]　普拉克西特里斯（Praxiteles）为古希腊最卓越的雕刻家，在纪元前 364 年前享有盛名。他的杰作流传下来的有维纳斯像及赫耳墨斯（即麦鸠利）像。

如同你抱着"希望"，功德圆满地到达
"时间"最后的终点。你们去吧，再见。
庙宇边上便是那天造地设的洞府。

第四场

森林。背景是一座洞府。普罗密修斯、阿西亚、潘堤亚、伊翁
涅和"大地的精灵"[1]一同在台上。

伊   姊姊。这模样儿凡间少有：你看它
            在树叶里面东荡西游！它头上发着亮，
            像一颗碧绿的星[2]；它那翠色的光芒
            在金黄的发丝中间闪映！它一边走，
            一边把光辉点点滴滴地洒在草上！
            你可认识它？

潘   这就是那个娇小的精灵：

---

[1] 本诗中有两个"大地"。一个是希腊神话的"大地"，古老的"大地"，她
    是地面上和地底下一切物类的母亲，也是普罗密修斯的母亲。另一个是雪莱
    自己创造的角色，"大地的精灵"：他是改变了面目和性质的新生的"大地"。
    雪莱在第四幕中即直称他作"大地"。谨在此处附带提及，后面不再说明。

[2] "它头上发着亮，像一颗碧绿的星"，雪莱把"大地的精灵"描写成这种样
    子，我想不是没有来由的。据利·亨脱（Leigh Hunt）自传，他说意大利有
    一种游萤，雌雄都能发光，晚上散满空中，又会飞进屋子里来，使人不禁觉
    得有一种幽灵在黑暗里来去。雪莱时常一连看几个钟头不感到厌倦。在英国，
    游萤被认为是一种爱情的信号。

它时常带了大地上天。大小星宿
把这一点光唤作最美丽的游星。
它有时在咸海的浪花里漂浮；有时
在迷蒙的云团里驰骋；有时乘着人们
睡觉的时候，在田野和城市里漫步；
有时又在山顶或是河面上闲荡；
或是像现在一般，在碧绿的草莽里，
乱窜乱跑，看见一样就喜欢一样。
在岳夫登位以前，它心爱我们的大姊，
每逢空闲的时候，总走来吸饮着
她眼睛里流水般的光亮，它说它好像
被毒蛇噬啮的人一样，时时刻刻
感到口渴；它又把童稚的心话对她讲，
告诉她一切它知道和看到的事情，
它看见过的东西确实不少，可是
看见了从不去查根问底：它又把她
唤作亲妈妈——因为它自己的来历，
自己不明白，我也不明白。

地精　　妈妈，亲妈妈！

（奔向阿西亚）我现在能不能像往常一般和你谈话？
我的眼睛尽望着你，快活得乏了，
能不能就躲进你温柔的臂弯里？
当冗长的中午，空气里光亮又寂静，
我能不能得闲就在你身旁戏耍？

阿	你真可爱，我的好孩子，从此以后
	我可以安心抚养你。讲些什么我听听：
	你那种天真的谈吐，当初给了我
	多少安慰，现在一定能叫人喜爱。
地精	妈妈，我一天里已经聪明了不少，
	当然一个小孩子决不会及得上你；
	我也快活得多了，真所谓"福至心灵"。
	你知道那些虾蟆、蛇蝎和讨厌的虫蛆，
	那些凶狠恶毒的野兽，还有森林里
	那些长满着含有毒素的草莓的树枝，
	当初都阻碍着我在青青世界里
	自由来去：人类里面和我作对的，
	他们有些是面貌冷酷；有些是
	满脸的骄傲和愤怒；又有些冷冷地
	踱着方步；又有些皮笑肉不笑；
	又有些自己无知无识却要讥诮人家；
	又有些蒙着各种各样丑恶的面具，
	再加上肮脏的念头，遮盖住了良心。
	还有一班女人，真是丑恶绝顶的东西，
	（可是那些像你一样仁慈、自由、真诚的，
	即使在你跟前，也依然可算得美丽。）
	我隐住了身子在她们床边经过，
	看见那种虚情假意禁不住心头作恶。
	可是我最近走到那大城市周围的

一些浓林密布的小山上去闲步：
只见一个站岗的瞌睡在城门边：
忽听得一种嘹亮的声音，震动了
月光下一处处的望楼；那声音
比什么都好听，就只比不上你，
可是悠长地响着，似乎无有穷尽：
全城的居民都急急忙忙从被窝里
跳了出来，聚集在街道中间，抬起头
诧异地对着天上看，那美妙的声音
依旧响个不停。我自己就偷偷地
躲藏在广场上一个喷水池里面：
躺在那里，好像是一个月亮的影子
显现在绿树荫下的波涛中间。可是
隔不多久，我方才讲起的那些使我
感到痛苦的一个个丑恶的人类形象
都打空中飘过，被狂风吹得七零八落，
又逐渐消灭得无形无踪；留下来的
一般人都是些和善可爱的模样，
好像卸去了丑陋的化装，另换上
一副面目，大家都觉得十分惊讶，
互相称奇，又互相道喜，接着便回去
重新睡觉。等到第二天太阳升起，
你可知道那些虾蟆、蛇蝎和蜥蜴，
是不是也能变得好看？居然有办法；

这边改一改，那边换一换，它们的

恶毒的本质便从头到尾去除干净。

我描写不出我的快活，当我看见

一对翡翠鸟栖息在一根茄藤环绕、

垂挂在湖面的树枝上，张开活泼细长的

嘴喙，一口口吃着鲜明透黄的草莓，

水心好似天空，呈现出丽影双双；

我心头就带了那许多快乐的景象，

来和你团聚，——这又是最快乐的景象。

阿　　　　我们从今后决不分离，直等到

你那位清白的姊姊，带领着多情善变、

冰寒皎洁的月亮，走来看望你那颗

比她更来得温暖可是同样晶莹的

光明，她的心便会像四月里的

雪花一般地融化，她又会来爱你。

地精　　　怎么，跟阿西亚爱普罗密修斯一样吗？

阿　　　　别胡扯，淘气鬼，你的年纪还太小呢。

你也想面对面痴望着大家的眼睛，

扩大着两人的爱，把四团圆球似的

热火，去照耀那月缺时黑夜的天空？

地精　　　可是，妈妈，我的姊姊点亮了她的灯，

我就也不可能保持黑暗。

阿　　　　你听；你看！

（"时辰的精灵"上。）

97

普   你听到、看到的，我们全知道：可是你讲。

时精   当时天上地下都充满了雷响，等到
         声音休止，一切已经跟先前不同：
         那碰不到、触不着的稀薄的空气，
         和那笼罩万物的阳光，都变了样，
         好像融化在它们中间的爱的感觉
         把滚圆的世界完全拥抱在它怀里。
         我眼睛前忽然大放光明，我已经
         能够看透宇宙间一切的秘密：
         我快活得头昏眼花，张开了慵倦的
         羽翼，挥动着轻浮的空气，翩然下降。
         我的马在太阳里找到了它们的老家，
         从此它们早晚餐食着如火如云的
         菜蔬和鲜花，不必再到各处去奔波；
         我的月亮一般的车辇也永远停息在
         那边的庙宇里，日日夜夜面对着
         菲狄阿斯[1]为你和阿西亚、大地、我，
         精心制造的石像，还有他所雕刻的
         你们两位女海仙的形象，可爱得
         和我们所目睹的真身一样，——

---

[1] 菲狄阿斯（Phidias），希腊最伟大的神像雕刻家，约在公元前 490 年生于雅典。
     当时有许多庙宇里的神像，都是在他的指导下制成的。那座最著名的象牙和
     黄金的宙斯像便是他亲手雕刻的杰作。

用来纪念你们准时传达的喜信，——
这庙宇有十二根光彩华丽的石柱，
支着上面满雕花朵的圆顶，
周围都看得见明净如水的天空。
横梁像一条两头的大蟒，还有许多
石刻的飞鸟似乎又要拍翅奔腾。
哎哟，我这根舌头不知滑到哪里去了，
你们要听的话，我一句也没说呢！
我方才讲到我翩然下降，来到人间：
当时，正同现在一样，简直快活得
身体不能动，口里不能呼吸，灵魂
也似乎出了窍；我便到人烟稠密的
地方去闲荡，我起初很感到失望，
因为表面上一切并不跟我心里
所想象的那样发生过巨大的变化；
可是我找寻了不多一会儿，只见
许许多多的皇座上都没有了皇帝，
大家一同走路，简直像神仙一样，
他们不再互相谄媚，也不再互相残害；
人们的脸上不再显示着仇恨、
轻蔑、恐惧，不再像地狱门前铭刻着：
"入此门者，务须断绝一切希望！"
没有人两眉深锁，没有人浑身抖颤，
也没有人依旧带着惶恐的心理

对另外一个人的眼睛看，看里面
又要发出什么冷酷的命令，直到
压迫者的意志变成了自己的祸殃，
把自己当作一匹马，直赶到力尽身亡，
没有人再在唇边皱起乱真的笑纹，
编造他不屑从口里说出来的大谎；
也没有人嗤着鼻子，把自己心头的
爱和希望的火花，都踩成灰烬，
变作一个自己毁灭的幽魂，又像
吸血鬼一样在人丛中蹑手蹑脚地
来往，害得大家都沾染到他的恶症；
也没有人讲着那种鄙俗、虚伪、
冷漠和空洞的谈话，口里称是，
心里却并不承认，虽然他没想欺人，
可是不知怎么自己对自己也不信任。
身边走过的女人都是真实、美丽
和仁慈，一个个好像自由自在的天仙，
把新鲜的光明和甘露洒落到人间；
她们一个个又是温柔，又是明艳，
绝不让一点儿鄙俗的脂粉来沾污；
口里说的是以前所想不到的聪明，
心里有的是以前所不敢有的热情，
周身上下完全改换了一副模样，
原来人间已经变得好像是个天堂；

不再骄傲，不再嫉妒，不再有什么
羞耻的事情，也不再有什么苦水
来毁坏那解愁忘忧的爱情的甜味。
皇座、祭坛、法竹的椅子和监狱：
一般可怜的人物有些坐在里面，
有些站在边上；持着王节，戴着法冠，
执着宝剑和练索，或是拿着典籍，
咬文嚼字把罪孽加在人家头上。——
这些东西都好像是当年不可一世、
而今已默默无闻的英豪的鬼魂，
变成了狰狞可怕、原始野蛮的形状，
从他们那些还没有摧残的纪功碑上，
得意扬扬地对着他们的征服者的
宫殿和坟墓瞭望：那许多恰合着
皇帝和教主的身份的雄伟建筑，
象征着黑暗和专横的信仰，以及
跟他们所蹂躏的世界一般广大的权力，
现在全化作了尘埃，只值得我们去
凭吊和嗟叹；甚至他们最后一次的
胜利所截获的许多兵器和旗号，
也只是孤零零地遗留在人间凡世、
虽然没有拖倒，却也没有人去理睬。
还有那些神人共诛的丑恶的形象，
相貌奇怪、野蛮、黑暗、可憎又可怖，

一个个全是那位混世魔王朱比特

用了各种各样名义幻变的化身；

世界上的国家都心惊肉跳地拿着

鲜血和失望破碎的心来供奉，

又把爱，弄得浑身污垢，一丝不挂，

拖上了祭坛，在人们不可遏止的

泪水中间将它活活地来杀害，

它们害怕，所以献媚：害怕也就是怨恨。

那些形象眼看自己很快地在消灭，

对着他们已放弃的神龛颦眉蹙额。

那个涂彩的脸幕——粉饰太平的人

都把它称作生活——曾经抹上各种颜色，

装扮着一切人类所信仰和希望的

东西，现在却完全让大家扯了下来。

那个可恶的假面具终于完全撕毁，

人类从此不再有皇权统治，无拘无束，

自由自在；人类从此一律平等，

没有阶级、氏族和国家的区别，

也不再需要畏怕、崇拜、分别高低；

每个人就是管理他自己的皇帝；

每个人都是公平、温柔和聪明。

可是人类是不是从此断绝了欲念？

不，他们还没有脱离罪恶和痛苦，

原来一切虽然由他们自己做主，

可是也还免不掉受到命运、死亡
和变迁的影响，他们依旧会制造出
又去挨受着那两重魔障：这些原是
他们的脚镣手铐，竟然害得它们
无法超升那个人迹不到的天堂，
飞越过那颗在冥空中闪霎的星星。

第三幕完

第四幕

普罗密修斯洞府附近的森林一角。潘堤亚和伊翁涅睡在那里：歌声逐渐地把她们唤醒。

精灵们的歌声   苍白的星星全已消逝！

因为那个捷足的牧童——

太阳——把它们赶进了栅栏，

赶进了晨曦的深处，

他穿上一件使星月失色的法衣，

它们便像麋鹿逃避虎伥，

奔出他蔚蓝色的领空。

可是你们在哪里？

（一长列幽暗的身形和阴影参差杂乱地走过，口里在歌唱。）

阴影们的歌唱   快来，啊，快来：

我们一同来扛抬

这位虚度了多少岁月的老爷爷！

我们全是些幽魂，

死去了的"时辰"，

我们把"时光"送进他长眠的坟茔。

快堆，啊，快堆：

用白发，别用青叶！

包尸布上不要洒露水，要洒眼泪！

再登上死神的空楼，

采取萎谢的花朵，

来覆盖这位"时辰之王"的尸首！

快奔，啊，快奔！

如同黑夜的阴影，

抖抖瑟瑟地被白日逐出苍冥。

我们浑身溶化，

好像消散着的水花，

受不住大晴天的作弄和戏耍：

一阵阵清风唱出

它们催眠的歌曲，

那歌声在和谐的音调里逐渐沉寂！

伊翁涅　那些幽暗的身形是什么精灵？

潘堤亚　全是些衰老又过去了的"时辰"，

携带着它们辛苦地收集的

许许多多战利品——

战事的胜利全靠"那一位"[1]的大力。

伊翁涅	它们走过了没有？
潘堤亚	它们走过了
	我们话才出口，它们已经跑掉，
	它们赶过了劲风，往前驰驱。
伊翁涅	啊，去到哪里藏身？
潘堤亚	去到那黑暗、过去、死亡的地区。
精灵们的歌声	明净的云朵在天空徜徉，
	屋星般的露珠在地上闪耀，
	波涛在海洋里会面聚首，
	原来是暴风雨欢乐得发了狂，
	兴高采烈地和它们一同飞奔跳跃！
	它们都兴奋得浑身颤抖，
	快活得一个个手舞足蹈。
	可是你们哪里去了？
	松针柏枝都一齐歌唱，
	把旧曲谱成了新调，
	滚滚的海浪和泉水
	也把新奇的音乐来播放，
	仿佛汪洋和大陆上传来了仙乐；
	大风大雨跟山岭打趣，
	发出了响雷一般的欢笑。

—————————

[1]　"那一位"，这里指"时间"。

	可是你们哪里去了？
伊	这些驾车的是谁？
潘	他们的车辆在哪里？
"时辰"半队合唱一	空气中和地面上，精灵们的呼声
	揭开了"睡眠"的绣花幔帐，它当初
	掩蔽我们的身子，遮暗我们的生命，
	在玄冥里。
一个声音	在玄冥里？
半队合唱二	啊，在玄冥的深处。
半队合唱一	千年万代，我们好像许多婴孩，
	躺在怨恨和烦恼的幻象里安息，
	一个兄弟睡着了，另一个便眼睛张开，
	只见到真实——
半队合唱二	比他们的幻梦更恶劣！
半队合唱一	我们在睡眠中听得了"希望"的弦琴；
	我们在梦幻里认识了"爱"的声调；
	我们感觉到"力景"的指挥，跳跃欢欣——
半队合唱二	正像海浪在晨光之下欢欣跳跃！
全队合唱	让我们踏着清风，翩跹地起舞，
	再把歌声去穿过静寂的天光：
	缠住了白日，别让它走得太快；
	看住了它，把它送进"黑夜"的卧房。

饥饿的"时辰"曾经像猎犬一样，

把白日当作流血的花鹿般追逐，

看它跌跌冲冲地浑身受了伤，

跑遍了寂寞岁月里的深山幽谷。

现在且把音乐、舞蹈和光明的

身形交织成一种神秘的韵律，

让"时辰"和强大愉快的精灵们

像云朵和太阳的光芒一般团结。

一个声音　　团结！

潘　　　　　看哪，人类的心神化作了许多精灵，

一步步在走近，它们把甜蜜的声音

缠绕在身上，当作是鲜艳的衣裳。

精灵们合唱　　我们一同来狂欢，

一同来跳舞和歌唱，

跟随着快活的旋风到此飞翔；

如同那些飞鱼，

跳出印度洋底，

半醒半睡地和海鸟一块儿游戏。

"时辰"们合唱　　你们打哪里来的，如此轻快和狂放，

闪电一般的鞋子穿在你们脚上，

你们的羽翼像思想一般轻松灵敏；

眼睛又像爱，谁挡得住它的光明？

精灵们合唱　　我们来的地方

便是人类的心房，

过去又是幽暗，又是秽垢和迷惘，

现在却宁静安闲，

如同清水的池潭，

又好比万象运转的悠然青天。

我们来的地方

是神奇又幸福的深渊，

那边的洞窟全是水晶的殿堂；

还有摩天的高楼，

"思想"高踞在上头，

看着你们，快活的"时辰"，舞脚舞手！

我们来的地方

有着相思牵缠，

情人们紧紧抓住你蓬松的云鬓；

又有青碧的小岛，

"智慧"在嫣然微笑；

误你们的船期，更有迷人的海妖。

我们来自人类的

耳目上端的头额，

里面丰富地宝藏着诗歌和雕刻；

又有着琮琤的流泉，

大家可以任意品尝，

"科学"在此地培养她神奇的翅膀[1]。

我们经年累月

踏过泪痕和血迹，

在仇恨、希望、恐怖的地狱里出入；

我们乘长风，破巨浪，

走遍各处的岛上，

难得见幸福的鲜花在岛上开放。

我们每一只脚底，

全穿上平安的软屦，

我们的羽翼又洒满了香油如雨；

只见遥远的地方，

人类的爱在瞭望，

它眼光看到哪里，哪里便是天堂。

精灵和"时辰"合唱 那么，快张起神秘的罗网；

啊，你们这些玲珑的精灵，

强大又高兴，快从地角和天边

走来，曼舞翩翩，欢歌声声，

好像千千万万条河流里的波浪，

---

[1] 神奇的翅膀，原文为Daedal wings。代达罗斯(Daedalus)是希腊神话中的人物，象征精巧的工艺。据说他制造了一对翅膀，用蜡粘在身上，飞过了爱琴海。

111

前推后涌奔赴光明融洽的海洋。

精灵们合唱　　我们获得了战利品，

我们的工作已经完成，

我们自由自在地下沉、上升、飞奔；

随你走近或是走远，

或是在周围盘旋，

或是就在那裏紧地球的黑暗里打转。

我们要穿过天上的星星，

那一只只燃亮的眼睛，

到冰天雪地的中心去移民开垦：

死亡、混乱、黑夜，听到

我们的脚声就遁逃，

好像暴风雨一下子把迷雾赶跑。

还有"土地""空气"和"光明"，

以及那个"大力的神灵"

追逐得满天星斗火速地狂奔；

还有"爱""思想"和"呼吸"，

这些镇压住"死亡"的威力，

我们飞升，它们就在底下聚集。

我们要在空旷辽阔的田野，

用我们的歌声去建造个世界，

送给那些"智慧的精灵"去住家。

我们要在人类的新世界里，

去取得我们的计划和规律：

我们的工作叫作"普罗密修斯事业"。

"时辰"们合唱 叫舞伴散开，再把歌队拆分；

一部分人离去，一部分人留下。

半队合唱一 我们被驱赶着一路走上天廷。

半队合唱二 我们留在人间过迷醉的生涯。

半队合唱一 又急促，又自由，脚不停步地直闯，

精灵们要造个新的地球和海洋，

在决没有天堂的地方盖座天堂。

半队合唱二 又严肃，又缓慢，又素静，又明净，

带领着"白日"，赶过了"黑夜"往前行：

这光明世界里的力量取用不尽。

半队合唱一 我们飘过在集合中的星球，高声歌唱，

直到树林、野兽、云朵都变了情况：

混乱变成平静：靠的是爱，不是恐慌。

半队合唱二 我们环绕着人间的海洋和山岭，

只见生生死死的快乐的身形

都化作了欢欣甜蜜的仙乐妙音。

"时辰"和精灵合唱 叫舞伴散开，再把歌队拆分，

一部分人离去，一部分人留下；

我们大家天南地北到处飞奔，

手执星光般的练索，又软又坚韧，

拖拉着载满情露爱雨的云霞。

潘　　　好了！他们走了！

伊　　　他们这般的可爱，

　　　　你一些不觉得有趣？

潘　　　如同空漠的青山，

　　　　当软绵绵的云雾化作了一阵细雨，

　　　　它便对着一碧万里的长空，笑出了

　　　　千万点灿烂的泪珠。

伊　　　我们在这里谈话，

　　　　又传来了新的旋律。这是什么怪声？

潘　　　这是那转动的世界所发出的妙乐，

　　　　它把涟漪一般的空气当作琴弦，

　　　　拨弹出悠扬飘忽的曲调。

伊　　　你再听，

　　　　每一句后面总拖着委婉的尾声，

　　　　又清脆，又明净，一声声撩人心思，

　　　　刺进了你的感觉，占据住你的灵魂，

　　　　正像尖锐的星星，穿过冬天晶莹的

　　　　寒空，在海水里欣赏自己的身影。

潘　　　且看森林里有两处空洞的地方，

　　　　上面有许多低垂的树枝张着天幔，

　　　　只见一条清溪分成了两股水流，

　　　　它们经过了密层层的藤萝和苔藓，

　　　　低吟着各奔前程，好似姊妹双双

　　　　在叹息中别离，将来在笑声中团聚；

114

它们分了手，一个去到烦恼和多情的
海岛，一个去到甜蜜而幽怨的树林：
两长条光彩神奇的河流，漂浮在
汹涌澎湃、勾魂摄魄的声浪中间，——
只听得它越来越响，越来越急，
又越来越深，在地下和空中飘荡。

伊　我看见一辆车辇，像是细长无比的
小艇，每次当"月份的母亲"从她的
晦暗的梦幻里醒回，黯淡的天光
总用来把她送到她西方的洞府；
车顶上覆盖着一个球形的篷帐，
幽暗无光，可是打漆黑的幕帷里
往外望，山丘树林完全线条分明，
如同妖巫的玻璃球中显现的形象；
结实的云团做车辆，全是些蓝玉
和黄金，正像那些风伯雨师散满在
海水里的东西一样，上面波光翻动，
下面又有着日影在奔腾；这些轮子
越转越快，越滚越大，好像起着狂风。
车中坐着一个长着羽翼的婴孩，
他的脸色白净，如同晶明的白雪；
他的翎翮又像阳光下羽毛一般的
霜花；他身上的白袍，好似一颗颗
珍珠穿成，显出行云流水般的皱纹，

115

遮不住他的四肢，闪闪地发着白光。
他的头发也是白的，好似一条条
白炽的火焰；他的一双眼睛却是
两大片水汪汪的黑暗，里面的神仙
尽把这黑暗对利箭般的睫毛外边洒，
好似暴风雨从杂乱的云堆里下降，
用那不发光的火去调节四周围
寒冷和明亮的空气；他手里晃着
一枝抖颤着的月华的光芒，更有
一种力量在指挥着车头，带动云轮，
滚过青草、鲜花和波浪，引起了一阵
悦耳的清音，如同轻露细雨的歌声。

潘　再从树林的另一条隙缝里，又看见
一个星球像旋风般高歌和狂奔，
它正同千千万万星球一样，仿佛是
结实的水晶，它的固体好比一个
来去无阻的空间，流动着音乐和光明：
成千累万个圆球互相缠绕，互相混杂，
有青的，有紫的，也有白的和绿的，
还有金黄色的；星球里头又有星球；
星球和星球中间，每一个空隙
都挤满了奇形怪状的东西，如同
黑暗深处簇聚着的鬼影和梦魅，
可是他们完全透明，穿过这一个的

躯体，能够看到另一个的身形，
他们表现出各式各样的动作，
你环着我走，我绕着你飞，好像靠了
各式各样看不见的轴心在转动，
用着奋不顾身的速率滚个不停，
又紧张，又从容，又庄严，又镇定，
发出高低的声响和缓急的音调，
唱起狂放的乐曲和清晰的歌词。
那个人烟稠密的星球转得更有力，
把一条灿烂的河流搅成蔚蓝的气雾，
回复了原始的混沌，大片的光明；
且说森林中一阵阵野花的幽香，
还有新鲜的空气和青草合奏的音乐，
以及参差的树叶散发的翡翠光芒，
环绕着这种快速到自相冲突的转动，
似乎变作一团大而无形的力量，
把感觉压了下去。那个星球里面，
硫黄石灰的怀抱中间，"大地的精灵"
正瞌睡在它自己收敛起的羽翼
和鬈曲的发丝上边，像一个玩耍得
疲倦了的婴孩：只见它笑逐颜开，
两片小嘴唇在蠕动，好像一个人
在睡梦中诉说着他甜蜜的心事。

伊　　它只是在学唱星球所歌吟的曲调。

潘

它头额上一颗星，放射出碧油油的
火焰，像一把把利剑；又像桂花树上
竖起了斩奸除暴的金黄色的枪尖，
象征着天上和人间从此接连。
这许多光芒，如同多少根地轴，
带动看不见的轮子，跟着星球旋转，
快得比思想更快，地底下到处是
太阳般的电光，一忽儿直，一忽儿横，
它们穿凿着泥土，进了再进，深了更深，
一路揭开着土地中心所蕴结的秘密：
无数的矿藏，无量的钻石和黄金，
加上许许多多毫无价值的累赘，
以及各种各样意想不到的珍宝；
一个个深洞幽窟，撑起了晶莹的
玉柱，下面铺满了素净的白银；
无底的火井；又有涓涓的泉源，
像喂哺婴孩般灌注进汪洋和大海，
蒸发出来的水汽替巍峨的山峰
披上了富丽堂皇的银鼠的雪裘。
那些光芒继续朝前闪耀，照现出
湮没的年代所留下的悲惨遗迹：
铁锚、战舰的船身；变成了石片的
甲板；箭袋、头盔、干戈和虎头的
盾牌；兵车的轮子、绘制着图徽的

旌旗和战利品，以及披甲的骏马，
鬼魂环绕着它们狞笑，阴森森地
象征着死的破坏，一重一重的毁灭！
许多繁华的城市都化作了废墟，
泥土埋盖了当年居住在里面的
生灵，他们虽然会死，却并不是人类；
你看，那些古怪的骷髅和惊人的手艺，
他们的雕像，房屋和庙宇；一件件
神奇的物体都已经摧毁和破裂，
灰沉沉壅积在坚硬黑暗的地下。
上面又有许多不知名的生翅动物；
各种鱼类堆叠成的鳞片的岛屿；
一条条长蛇像骨节穿成的链子，
它们缠绕在铁石上面，或者圈盘在
灰堆里，原来它们最后的剧痛，
使它们发出一股死劲，竟把铁石
绞成了粉。这些上面又有一种
浑身锯齿的爬虫[1]，它们的气力能够
推山摇岳，曾经是威震一世的兽王；
它们在泥滑的海边，丛莽的地面，
像夏天弃尸身上的虫蛆，不断地
在繁殖滋生，直到这个碧绿的地球，

---

[1]　浑身锯齿的爬虫，指恐龙之类的史前动物。

把洪水当作一件大氅，紧裹在身上，
它们便吼叫着，喘息着，断种灭迹；
似乎有一个神道，高踞在彗星上，
打天空经过，口里喝道一声："变！"
它们便像我说的话一样，从此不见。

大地   啊，快乐，胜利，高兴，再加上疯狂！
无穷的欢欣如火如焚，如风如浪，
关不住的愉快像烟雾一般飞腾！
哈！哈！充满了得意的心情，
光明的气氛把我周身裹紧，
带着我往前奔，好像是风卷残云。

月亮   我的好哥哥，你到处逍遥遨游，
气和土造成你这快活的圆球，
有一个精灵像一道毫光，打你身上
射进我这凝霜结冰的躯体，
一路散发着火焰般的热气，
有爱，有香味，还有深沉的歌唱：
刺进了胸膛，刺进了胸膛！

大地   哈！哈！我那七穿八洞的空山，
豁裂的火岩，欢喜跳跃的喷泉，
它们都高声狂笑，笑得没法停顿，
各处的海洋、沙漠和深渊，
高空中无边无际的洪荒，
都兴风作浪，发出附和的回声。

它们叫喊得和我一样响。
啊，我骂你这万恶的魔王，
你存心想把这青碧的宇宙毁灭！
你居然推出乌云，降下火雷，
把我儿女的骨骼打得粉碎，
变成了一大团血肉模糊的东西，——

害得层楼高阁、栋梁庭柱、
宫殿、石碑和庄严的庙宇，
以及千山万岳，都罩上了火和烟，
波涛般的森林、花朵和树叶，
平时总在我胸怀里安息，
也让你的怨愤踩死了变作泥浆。

且看你现在怎样沦陷、溃败、
躲藏，被大家吸成一根枯柴，
把你当作沙漠行军的一个水杯，
每人喝上一滴；在你上下周围，
把你摧残尽的空间垫满了爱，
如同霹雳击碎的洞窟里大放光彩。

月亮　　　　白雪离开我静止的山头，
　　　　　　变成了许多活泼的泉流，

我的凝固的海洋又歌又舞又发光：

一个精灵冲出了我的心，

想不到有一种新的生命

贴紧我寒冷赤裸的胸脯：这一定是你

躺在我身上，躺在我身上！

望着你，我能感到，也能知道，

鲜叶在爆青，好花都含苞，

生气勃勃的身形在我心头徘徊：

海上和天空传来了乐声，

云阵张开翅膀东西飞奔，

黑沉沉带来了新蕾所梦求的雨水：

这就是爱，这全是爱！

大地　　它贯穿我花岗石结成的心脏，

经过牵缠的草根、踩平的土壤，

走进树顶上的叶片和最娇艳的花朵；

它更推动了风声和云影，

使遗忘了的死者重又苏醒，

竟把一位精灵引出了他幽秘的密室。

他猛冲出灯烛全无的深洞，

像暴风雨般带着响雷和狂风，

从乌烟瘴气的牢狱里上升到高空：

他那地震般的咆哮和速度，

骇得错乱的思想永远停住，

直到怨恨、恐怖、痛苦的黑影幢幢。

离开了"人"，——人是多角度的镜子，
他能把世上真实美丽的东西，
照在里面，变作妖魔鬼怪，像一片海
反映着爱；他在同类中间来往，
像太阳溜过又滑又静的海洋，
更从灿烂的天顶洒下生命和光辉；

"人"像是被遗弃的麻风的婴孩，
当他看见了一只病痛的野兽，
就跟随着去到暖和的山壑，用温泉
洗涤治疗，想不到他回转家门，
脸色已经红润，母亲还当是鬼魂，
到后来，知道孩儿重生，便涕泗满面。

啊，"人"呀！你是一条思想的练索[1]，
爱和威力永远串连在一处，
又有坚强的意志驱使着万物生灵；
正像太阳统治那扑朔迷离的

---

[1]　这一句的原文是：Man, oh, not men! a chain of linked thought，直译当作"人，啊，不是几个人！一条思想的练索"。意思是说：改造世界不是单靠几个特殊人物的智慧和力量。

共和天国，虽难免峻颜厉色，
却是在奋斗着创造自由的天廷。

"人"是许多灵魂合成的一个灵魂，
支配自然该是他天赋的特性，
一切都互相交流，像江河接连海洋；
有了爱，生活便变得美丽；
劳动、痛苦、忧愁，全换了情绪，
在人生青绿的树丛中快乐地徜徉！

他的意志，尽管有卑鄙的欲情、
荒荡的娱乐、自私的烦恼和责任，
不受约束，又有一种威力能使人服从，
却像一条驾着长风的巨艇，爱
掌着舵，惊涛骇浪都不敢撒野，
震撼着人生的边岸，走上它的征程。

一切东西都显示着他的力量：
彩色的图画和冰冷的石像；
慈母手中一缕缕缝缀衣裳的丝线；
还有语言，这永久神秘的歌唱，
它用着艺术的谐调来执管
形式和思想，产生了意义和色相。

闪电是他的奴隶；高冥的穹苍

献出了大小星辰，像一群牛羊，

它们打他眼前经过，记了数目往前转；

雷雨是他的坐骑，在空中驰骋；

只听得纤毫毕露的深渊嚷着问：

天，你有没有秘密？我已经被"人"揭穿。

月亮　　　苍白的死亡的阴影，终于

在天上掠过了我的身子，

好像一幅霜雪和睡眠制成的尸衾；

我那新织的绣帷左右，

流连着许多快乐的腻友，

他们并不威武，又是温柔又斯文，

正像你深谷中居住的仙神。

大地　　　当晨曦散发着热气，搂抱住

一半露凝的地球，金黄、碧绿

又透明，直到它变成插翅的云雾，

飘飘忽忽地飞上青天的穹顶，

等到月亮东升，太阳西沉，

还挂在海上像一团发着紫光的红火。

月亮　　　你现在就被那永生的光辉

搂抱着，你安静地横躺在

上天神圣的笑容和自己的喜气中间；

一切的太阳和万千的星辰

拿了一片光明、一个生命、
一股力量替你盛装，你把你的衣裳
穿在我身上，穿在我身上！

大地　　我在黑夜的山峰下转动，
这山峰怀着欢欣高耸入天空，
在我醉迷的瞌睡中低吟胜利的欢歌；
如同青年躺在美丽的阴影里，
做着缱绻的好梦，轻声叹息，
光明和热情坐在他身旁细心侍候。

月亮　　正像温柔甜蜜的月食夜，
两颗灵魂在情人的嘴唇间相会，
兴奋变得平静，明亮的眼睛张不开；
你的影子覆在我的身上，
我便也发不出一点儿声响；
啊，宇宙间最美丽的星球！我的心怀
载满了你的爱，载不下你的爱！

你环绕着太阳急急地转，
大千世界中可算得最辉煌；
一个碧绿又蔚蓝的星球
散发着无比神圣的光流，
你是天上最亮的一盏灯，
给上天带来了生命和光明。
我原是你纯洁的情人，

长着一对磁石般的眼睛，

北极的天堂给我一种力量

使我夜夜陪伴在你身旁：

我是一个热爱狂恋的姑娘，

她那颗柔嫩弱小的心灵上

过重地载负着深情和蜜意，

如痴如醉地侍候着你，

正像一个新嫁娘，从下到上、

从右到左、百看不厌地对你望。

如同酒神，快活得发了疯，

绕着阿伽夫[1]在怪异的林中

举起的一只酒杯乱纵乱跳。

哥哥呀，无论你飞得多高，

我总是紧紧地追随在你身旁，

走遍浩浩荡荡的穹苍；

躲藏在你温暖的怀抱里面，

遮挡住了那荒漠的空间，

又从你的感觉和视觉里

吸取着力量、庄严、美丽：

如同一个情人或一条蜥蜴，

---

[1] 阿伽夫（Agave）是底比斯王卡德摩斯（Cadmus）的女儿，爱酒若狂。她的儿子彭透斯（Pentheus）继承王位后，即废止对酒神的祭祀，得罪了众神。有一次她和两个女儿一齐喝醉了在林中狂乐，彭透斯在树上偷看，失足堕地。她们以为是野兽，将他打死。

和什么在一起就变什么性质；

如同紫罗兰妩媚的眼睛，

凝视着一碧无涯的天心，

跟了它看到的东西改换色调；

如同灰白又潮润的晚雾，

变成一片紫石英的光幕，

当它偷偷地把西方的山岳拥抱，

眼看太阳下沉，

躺在雪上——

大地   黄昏精疲力尽，

眼泪汪汪。

啊，温柔的月亮，你那愉快的声音

传到我耳朵里，正像是你的光明，

清澈又柔和，安慰着海上的船夫们，

在夏夜静寂的岛屿间来往；

啊，温柔的月亮，你那铿锵的词句

直穿进我那些深幽和孤僻的洞窟，

使猛兽神往，又好像用了香油敷抹

它们所践踏出来的创伤。

潘   我从溪泉般的歌声里升起来，

好像跨出一个水光闪烁的澡池——

阴暗的岩石间，一池油碧的光亮。

伊   啊！好姊姊，那声浪已经离开了我们，

你却说你恰好从它的波涛里上升，

原来你的说话一句一句好像是

森林中出浴的仙女身上和头发上

洒下来的又明净又柔软的水珠。

潘　　　别响！别响！一个伟大的神道，如同

黑暗一样，升出了地面；又如夜晚一样，

从天上像雷雨般下降；更在空气里

向四面爆发，好像日食时一切的

光亮都收进了太阳的毛孔：只见

许多歌唱着的精灵辉映闪耀，

像流星一般在夜空中疾驰来往。

伊　　　我的耳朵里感到有说话的声音。

潘　　　啊，听！这是天上人间都懂得的语言！

冥王　　大地！你是幸福者平静的王国，

载满了神奇的形状、和谐的音籁。

美丽的行星呀！你在天上游乐，

一路拾掇着散布在道上的情爱。

大地　　这声音使我像露珠一般想逃避。

冥王　　月亮！你每晚多情地望着大地，

正像大地每晚对你看出了神，

你们对于人类，飞禽和走兽，

都象征着美和爱，协调和平静！

月亮　　这声音使我像树叶一般地战兢。

冥王　　一切太阳星辰的帝君，一切神道

和仙妖，众位天尊！极乐世界里面

是你们的住家，万千星斗照耀，

再没有风吹雨打，真是幸福无边！

天上的声音　我们的共和国，受到祝福，也祝福别人。

冥王　一切安乐的死者！你们把奇妙的诗词

不作画象的彩色，却当藏身的迷云，

无论你们的本性像你们目睹

受苦受难的宇宙一般永久——

地下的声音　或是像我们

遗留在世上的人那样变幻和沉沦。

冥王　你们这些妖魔鬼怪，你们在各处安身：

从人类聪明的头脑一直到人类

铁石的心肠；从星月皎洁的天顶

一直到虫蛆啃食的乌黑的海苔！

一种嘈杂的声音　你的声音使我们从遗忘中醒了回来。

冥王　一切把血肉当窝巢的精灵：各种

走兽和飞禽，各种鱼虾和虫蝇；

各种的树叶和花蕾；闪电和狂风；

还有寥空中无法驯服的飞雾和流星！

一个声音　你的嗓音好比静寂的林子里的风声。

冥王　"人"呀，你曾经做过暴君也做过奴隶；

你曾经欺过人也受过人欺；你的肉身

要腐烂；你经过了无穷尽的白日和黑夜，

跋山涉水，从摇篮一直走进坟茔。

130

全体神灵	请讲！但愿你的隽言懿语万古长存！
冥王	今天日子到了，玄冥中响起一阵呼声，
	要用人间的法宝去打倒天上的暴君，
	那位"征服者"就被拖进了无底的幽窟：
	"爱"便从它慧心和耐性的宝座里，
	从它受尽煎熬、最后昏迷的时辰里，
	从它那光滑得难以站稳、峭险得
	无法攀登、乱石一般的痛苦里跳出来，
	把安慰的羽翼覆盖住人类的世界。

温和、德行、智慧和忍耐，这些全是
最坚固的保障，像签条一样，密封住
冥穴的洞口，不让"毁灭"来降灾作恶；
万一"永久"，一切事迹和时辰的母亲，
管束不严，让那条毒蛇跳出了深阱，
被它用细绳般的身体把手脚捆缚，
这些法宝自能被除一切的妖孽，
重新来巩固我们统治的权力。

忍受一切"希望"觉得是无穷的痛苦；
宽恕一切像"死"和"夜"一般黑暗的罪过；
打倒那种俨然是无所不能的"权威"；
全心地爱，别怕困难；不要放弃希望，
"希望"自会在艰难中实现它的梦想；

131

不要改变，不要灰心，也不要懊悔；

"提坦"呀，这才和你的光荣一般，完全是

善良、伟大和欢欣、自由和美丽；

这才可算得生命、快乐、统治和胜利。

第四幕完　　全剧终

《解放了的普罗密修斯》说明

雪莱夫人

1818年3月12日雪莱离开了英国，就此一去不返。他主要的动机是希望一种温和的气候可以改善他的健康；因为他在动身前的那个冬天病得十分厉害，因此不再犹豫，决定去做那次的旅行。他在1817年12月从马洛城写给他一个朋友的信里说：

我的身体越来越坏了，我的感觉有时会麻木和迟钝；有时又会敏锐得异乎寻常，譬如拿视觉来说，一根根青草和距离很远的树枝看在我眼里，竟然像显微镜底下一样清晰。将近黄昏的时候，我便变得毫无生气，沉入一种昏迷状态，惯常一连几个钟头躺在沙发里，又像醒又像睡，脑子里尽是转些最痛苦最烦恼的念头。这便是我的情况，简直没有一天间断。钻研学问的时间都是从这种病魔的煎熬中硬挤出来的。我并不是为了这个原因才想到意大利去旅行，虽然我知道意大利一定会解除我的病痛。可是我经受到一次十分确定的肺病侵袭，目前虽然已经过去，也没有遗留下什么显著的痕迹，不过这种征象充分地说明我真正的病根是结核性的肺痨。幸亏这种病症是慢性的，只要时刻当心，靠着温暖的气候，也许可以治愈。我的不可推诿的责任，便是乘它没有进入医药无效的阶段，赶快上意大利去。我所要追求的不只是健康，而是生命，这也并不是为了我自己——我觉得我自己对于这一类的事情很能看得开——而是为了那些把我的生命当作幸福、需要、安全和光荣的泉源的人；我一旦死去，他们里面有几个就可能永远得不到这些安慰了。

　　他到意大利去旅行，几乎从一切方面说来，都有好处。他离开了一帮他平时亲近的朋友；在他的故国里，由于他过分慷慨，竟有千百种的麻烦，一天到晚纠缠着他，除了获得一两个知己以外，简直没有别的补偿。那边的气候又使他一半的生命在无限的痛苦中消耗掉。他最爱到各处漫游，欣赏天然的风景，可是为了同样的原因，他竟无法去享受。

　　他直接上意大利，连巴黎都不去，到达米兰以前，一处也没有停留。雪莱一见到意大利就让它迷住；它好像是一座愉快的花园，雪莱也从来没有看见过像它顶上那样明净的天空。他在寄居意大利的第一年中，写过许多描写景物的长信，讲起来，这些都是世界上最美丽的文章，证明他对于这块神圣的土地上那些自然和艺术的奇迹，多么真诚地欣赏，又肯细心去研究。

他心灵里的诗情的冲动又恢复了，跟他早期的那些作品一样的力量充沛，而且越加美丽。他心中有三个抒情诗剧的题材。一个是塔索[1]的故事，他还遗存下来一小段没有写完的塔索的歌词。另一个以《约伯篇》[2]作为依据，他虽然始终没有放弃这个念头，但是在他的遗稿里也找不到什么材料。第三个便是《解放了的普罗密修斯》。希腊的悲剧是他当时在闲游期中最亲近的伴侣，埃斯库罗斯的崇高的杰作使他充满了惊奇和愉快。这位希腊的"悲剧之父"不像索福克勒斯那般地哀怨悱恻，也不像欧里庇得斯那般地温柔缱绻、多种多样；他的戏剧的情节，时常超出了人间的烦恼，牵涉到一般真神和半仙的情欲和苦闷：这便使雪莱那个专爱幻想的头脑完全沉醉了。

我们在米兰住了一个月，到戈摩湖上去玩了一下。我们又先后寓居在比萨、雷格洪、卢卡古浴场、威尼斯、伊斯特、罗马、那不勒斯。1819年3月初重新回到罗马。这些时候，雪莱总是考虑着他那部诗剧的题材，又零零碎碎写了好几段。同时还写了些别的诗，在卢卡古浴场他又翻译了柏拉图的《会饮篇》。可是他虽然做着各种各样的工作，他的念头却始终集中在《解放了的普罗密修斯》上面。最后，在罗马，逢到一个明朗、艳丽的春天，他便把全部时间用来撰著这部诗剧。他所选择的工作地点是——正像他在序文里所说的——万山丛中卡拉

---

[1]　塔索（Tasso, 1544—1595），意大利诗人。他一直感到有人要迫害他，精神失了常态，被公爵幽禁了七年，传说与蕾奥诺拉·莒丝特相恋。拜伦和歌德都有诗篇咏叹他的事迹。

[2]　《旧约》中的一篇，叙述一位受尽折磨的英雄约伯的故事。

卡拉古浴场残留的遗址。到罗马来的游客都不知道有这样一个地方。他在一封信里描写过，描写得纤毫毕真，富有诗意，真是绝妙的记叙风景的文字，又美又有趣，没有人能及得到。

这部诗剧最初完成的时候一共三幕。直到好几个月以后，在佛罗伦萨，他才认为应当添上一个第四幕，当作一种赞美诗去歌颂普罗密修斯的预见的实现。

雪莱对于人类命运的理论要旨是：人类创始的时候，身上没有丝毫恶；恶是在偶然中产生的，因此是可以去除的。基督教也有这种说法，上帝创造的地球和人是完美的，直等人堕落以后，方始——

把死，以及一切的痛苦带进世界。

雪莱相信人类只要有那种心愿，不要罪恶，罪恶便会消灭。我用不着在这里讨论那些反对这种意见的争辩，我只想提到他的确有这种思想，而且还带着高度的热诚。他的理论的主要点是：人类有能力把罪恶从他的本性以及大部分的生灵中驱除出去，使自己变成完美。他最喜欢运用的题材便是"一个力量"同"恶的原则"的斗争；那个力量不仅受到"恶的原则"的压迫，而且受到一切方面的压迫——甚至善的也压迫他，因为善的受了蒙蔽，认为人性中必然有恶的成分；那个被压迫者却充满了坚忍的意志和希望，以及胜利的精神，因为他对

"善"的万能力量有绝对的信心。雪莱在先前的一首诗里[1]，便说明了这种论点，他把莱洪描写成暴君们的牺牲者和敌人。现在他又为同一个题目，找到了一个更理想的形象。他依照了某些古典文学的权威，把萨登作为"善的原则"，把朱比特作为窃国篡位的"恶的原则"，把普罗密修斯作为"再造者"。普罗密修斯没有法子使人类回复原始的天真，于是拿知识当作武器去打败了恶，把人类从"无知因而无罪"的情况中，带进了"智慧因而有德行"的境地。朱比特为了处罚他的胆大妄为，便把这位"巨人"绑在高加索山的岩石上，又唆使一头秃鹰去吞噬他不断重生的心脏。当时天上流传着一个预言，据说朱比特一定会垮台，解救的秘密只有普罗密修斯一个人知道。天帝于是和普罗密修斯去谈判，只要他肯泄露秘密，立刻便把他从酷刑中释放。根据神话，将来推翻朱比特的是朱比特和忒堤斯所生育的孩子，他注定了要比他父亲强大。最后，普罗密修斯把预言的内容说了出来，他当初为了用他的智慧去丰富人类的技术而获取的罪愆，也便得到了赦宥。赫剌克勒斯杀死了那头秃鹰，为他解去了捆绑。忒堤斯结果嫁给了阿喀琉斯的父亲珀琉斯。

雪莱依照了他自己的见解来处理这个故事的结局。朱比特和忒堤斯结了婚生出来的孩儿，一个比父亲更强的儿子，注定要把"恶"从皇座上拖下来，恢复一种比早先萨登时代更快乐

---

[1] 指《莱洪和西丝娜》，为雪莱的早期杰作。后来经过修改，发表时易名《伊斯兰的叛变》。

的统治。普罗密修斯公然反抗他敌人的权势，忍受了多少年代的酷刑；等到时间来临，岳夫不明白真实的情况，只是懵懵懂懂地猜想着一种对自己有极大利益的事情将会发生，竟然同忒堤斯结了婚。在这时候，那个世界的"原始的力量"便把他从篡夺来的皇座上拖下来；赫剌克勒斯，体现着"力量"，又去把象征人类的普罗密修斯，从那种"恶"所造成的、折磨他的酷刑中释放出来。阿西亚，海神的女儿中的一个，是普罗密修斯的妻子——根据别的一些神话传说，她也就是爱神维纳丝和"大自然"。人类的恩人被释放以后，"大自然"便回复了她原初的美，同她的丈夫（人类的象征）团聚，这是一个又完美又快乐的结合。在第四幕中，诗人的想象的范围格外扩大，他使一切世界的创造都赋予了理想的形象——都是我们所熟悉的，而不是希腊人心目中的那些形象。"大地母亲"，把她的一切力量传给了"大地的精灵"，他是带领我们的地球去周游天廷的向导；他的艳丽和柔弱的伴侣，"月亮的精灵"，便在那个至高无上的区域里，为了"恶"的崩溃而享受到幸福。

雪莱特别在这部诗剧的许多抒情诗里，发展了他对于"创造"的深奥和奇幻的理论。要了解散布在这首诗里面的神秘的意义，必须有同他自己一样的精致和深刻的头脑。一般读者，为了它们太抽象、太细腻，因此难以了解，但是它们不含糊空洞。他原想对于"人"的本性，写些散文的哲理论著，那一定能为他诗歌里面大部分晦涩的句子，做出相当的解释；可是留存下来的不过是一些片段的感想和零碎的意见。我认为这些关于"心灵"和"大自然"的哲学的意见，里面都充满着最高度的诗的精神。

一般比较通俗的诗人总把他们的理想，装饰成我们所熟悉和了解的形象。雪莱却喜欢把真实来理想化——他为物质的宇宙添上了一个灵魂和一个嗓子，他同样也把这种天赋去给予最微妙和最抽象的情感和心念。在创造这一类的形象上，索福克勒斯做了他的老师。

我在一本他的原稿簿里，见到几句他关于《俄底浦斯王》[1]中一行诗的感想，这些感想一方面表示出雪莱那种精细的批评头脑；同时又说明了他在一封信里（见《伊斯兰的叛变》说明）自认能了解人类一切高贵品质的那一段话，他说他懂得"感觉里面那些微妙和深奥的地方，不论关于自然界的表象或是环绕在我们周围的一切生物"。雪莱在原稿簿里写着：

在"希腊的莎士比亚"，索福克勒斯的诗文中，我们看到这样的描写：

$$\Pi o\lambda\lambda\grave{a}\varsigma \ \delta' \ \delta\delta o\grave{v}\varsigma \ \grave{\epsilon}\lambda\theta\acute{o}\nu\tau a \ \phi\rho o\nu\tau\acute{\iota}\delta o\varsigma \ \pi\lambda\acute{a}\nu o\iota\varsigma:$$

这一行诗的意境几乎深不可测；可是它里面所采取的那些形象又是多么简单！

在思索的流浪中走上了许多条道路。

---

[1]　索福克勒斯的一部悲剧。

如果没有用 ὁδοὺς 和 πλάνοις 那两个词，我们也可能把那行诗当作是一种譬喻性质而忽略了它的实在意义，好比说的是"方法和道路"，又把"流浪"作为是错误和纷扰。可是它们的确是指的那种我们踩在脚底下的道路；所谓流浪，也正像我们在沙漠中迷途，或是从这个城市到那个城市去漂泊——原来俄底浦斯（这句诗便是：从他口里念出来的）注定要流浪，瞎着眼睛到处去行乞。这行诗显示了一张画面——心灵像充满了曲径幽道的草莽，草莽又同宇宙一般地广大，这是一种象征；大世界里面的一个小世界，凡是要寻求知识来解决问题的都得到里面去周游，如同外边那个世界里的人寻求着地面上看不出的宝藏一样。

我们读雪莱的诗，时常会找见同样的诗句，他并不是模仿希腊，不过创造起这一类的意象来却十分相像；他虽然采用他们的笔法，可是他自有他本身的天才中所产生出来的特殊的形式和色调。

在《解放了的普罗密修斯》里，雪莱实现了他在我前面提到的那封信中所应承的诺言[1]。文章的格调更静穆、更庄严了；

[1] 我当时阅读那首诗的校样时，心里忽然感到，诗人把君主政权复辟的罪恶，夸张得太过分了；不管它怎样恶劣和腐败，可是还及不到无政府状态活跃时那般地狂暴残忍——譬如19世纪末年在法国所发生的那种情况。可是现在我却得到了一本《西班牙生活散记》：这是胡伯博士写的，原文为德文，我读的是克劳福德少佐的译本。书中叙述1823年法国侵略西班牙，教士和爪牙们得势以后的情形，简直同《伊斯兰的叛变》中有几节屠杀爱国志士的场面十分相似。——雪莱夫人原注

大体上说来，诗也更完美了；表现的想象也更美丽、更丰富、更大胆了。那段关于冥王洞府前显现的"时间"的描写，正是一个例子——它在我们心里展开一张极可爱的图画——但愿有一位艺术家，能把下面这种景象，为我们描绘出来：

> 许多长着彩虹羽翼的飞马，
> 拖了一辆辆神车，踩着轻风向前奔：
> 每一辆车上有一个神色仓皇的御者
> 在催促它们赶路。有几个回头张望，
> 似乎有大群恶鬼在后面追逐，可是，
> 除了闪霎的星星，我不见有什么身形；
> 有几个眼睛发着红光，身子往前弯，
> 一口口喝着当面冲过来的劲风，
> 似乎他们心爱的东西在前面逃遁，
> 在这一刹那间，一伸手就可以抓到。
> 他们烁亮的发丝如同彗星的尾巴，
> 一路放着毫光：大家争先恐后地
> 向前直闯。

　　整首诗里充满了一种"爱"的静穆和神圣的光辉；它使受着苦刑的获得安慰，怀着心愿的获得希望，直到预言实现，那时候，"爱"——丝毫没有受到"恶"的沾污——便成为世界上的法律。

　　雪莱简直不能再在英国继续安居，一方面因为当时一般有自由思想的人都受到了迫害，他在高等法院的诉讼案又被非法判决；一方面疾病的征象，使他认为必须到意大利去旅行，方得延长生命。他在国外过着流浪者的生活，想到他祖国的同胞竟对他表示那样的恶感——他自己可决不会这般地对付别人——心里便十分难受；为了叫自己不去转那种可厌和痛苦的念头，于是退避到诗的安静的领域里去，创造了一个他自己的世界——这地方有人类意想不到的快乐，他希望有一两个人肯相信，地球上的确可能变成这种样子。罗马天气的可爱，使他的思想比从前更加美丽。当他徘徊在那些和大自然结合成一体的残留的古迹中间，又看到那些拥挤在罗马的教皇宫、古殿堂和许多府邸里面的精致的石像，他的灵魂便摄取了这些可爱的形象，这些可爱的形象也就成为他灵魂的一部分。《解放了的普罗密修斯》里，有许多段文字，说明着他从这些杰作中所获得的浓厚的乐趣，他用了美丽的描写，把一切的印象，表现在他所独有的那种诗句里面。他自己也明白，正像一切的诗人看着自己的工作的成绩会感到满足一样。他从罗马写给朋友的信中说："我的《解放了的普罗密修斯》刚才写完，当于一两个月内寄出。这是一部诗剧，那种人物和结构，从来没有人尝试过；我觉得写作的技巧也比我以前的一切作品更好。"

我应当向一般比较严格的读者声明，这一版[1]的《解放了的普罗密修斯》里面，一切文字上的修改，完全根据雪莱自撰的一张勘误表。

---

[1]　指《雪莱诗总集》，雪莱夫人编，1939 年出版。